感谢莫莉·玛伦·库克（Molly Malone Cook），

其始终如一的支持和睿智的建议，

激励并提升了我的作品。

——玛丽·奥利弗

Contents
目录

Introduction
1 引言

Getting Ready
5 准备

Reading Poems
9 阅读

Imitation
11 模仿

Sound
17 声音

More Devices of Sound
27 更多的声音技巧

The Line
33 诗行

Some Given Forms
55 一些既定的形式

Verse that is Free
65 自由体诗

75 *Diction, Tone, Voice*
   措辞、语调、语态

91 *Imagery*
   意象

109 *Revision*
    修订

113 *Workshops and Solitude*
    研讨班与孤独

119 *Conclusion*
    结语

寺庙的钟声
停了,但花中余音
持续地回响

——松尾芭蕉(根据罗伯特·勃莱英译)

1　引言　　Introduction

我们知道，诗人是天生的，不是学校教出来的。画家、雕塑家和音乐家亦是如此。某些本质的东西无法传授；它们只能是天生的，以一种神秘的方式获得或者形成，无法挑选出来重新设计，传递给另外一个人。

但是，画家、雕塑家和音乐家仍然需要积极了解他们各自领域的历史以及过去和现在流行的理论和技巧。诗人同样如此。即使有些因素无法传授，仍然有大量知识可以而且必须通过学习去掌握。

这本书介绍的是可以通过学习掌握的知识，主要是与技巧相关的知识。它把诗歌当作一个被创作出来的文本，而非神秘的文本——当然，诗歌也的确是神秘的。

我感到奇怪的是，关于诗歌创作的教学方法为何与音乐或视觉艺术领域中旨在提高创作技能的学科课程完全不同。在后者那里，循序渐进的学习过程被视为必需，并受到了普遍认可。例如，在一节绘画课上，每个学生可能被要求去画一个人体模特、一束花或者三个土豆之类的东西。完成之后，教师会检查并讨论每个学生的作品。学生们都清楚，这不是为了完成一次真正的创作，而是完成必须首先进行的——练习。

有人会担心创造性会因这样的练习而变得僵硬？根本没有！相反，大家都确信，教师和学生之间的交流会澄清大量的技术问题，增进理解，打开一扇进步的大门。说到底，是技术承载着个体的理念，使其突破庸常性。

然而，想要写诗的学生却受到鼓励：跳过练习阶段，直接去写，一首接着一首沿着同样的方向一直写下去。很快，学生就形成了一种写作惯性，这并非风格，而是一种偶然性，模糊地感觉到了某种东西，却没能很好地理解，甚至没有明确的意图。继续这样写下去，写作者不可能开拓或者尝试其他的写作方式。写了四首或五首诗之后，他或她就处于一种定式之中，固定了某种写作模式，没有适当的机会去探究、尝试其他的风格和技巧。此后，当写作素材需要语调的变化或者一些复杂而精致的技巧时，写作者将不知如何着手，这首诗必然失败，写作者因此受到挫折。

这就好比有时你想出了一段音乐，仿佛在自己隐秘的意念中"听见"了它，但你知道自己不可能写出它，因为你和我们大多数人一样，缺乏专门的乐理知识。我们写诗的经验与此有什么区别呢？它同样需要专门的知识。

诗歌必须在情感自由的状态下被创作出来。此外，诗歌不是语言，而是语言的内涵。但是，内涵不可能与诗歌流动起伏的身体分开。一首诗如果没有美好而正确的语言形式——正是这一点使它与日常写作区分开来——将是可悲的。它不能轻盈地飞翔，它是杂乱而松散的——它只是业余的习作。

基于这一原因，我在给诗歌创作班上课时，总会花一段时间偏离诗歌创作的授课任务，让学生进行技巧训练。由于每个班级不相同，练习任务当然也不同。认同这个理念的每个教师都可以轻松地找到合适的、有益的训练方法。学生们自己也能。

创作班的每个成员同时练习同一种技巧，聚焦于同一个被布置下来的主题，这样的训练可以极大地帮助写作者组成一个注意力集中、能相互交流的班级体。每个写作者可以很快产生兴趣，投入其中，并且从其他成员的作品中得到学习。

当然，一个诗人对技巧的兴趣绝不会消退。这本书只是一个开端——但它旨在形成一个良好的开端。不管出于何种原因，有些教师总认为对一个学生的作品进行职业批评（也即提建议）是他们的使命。这本书对这种看法持一种乐观的否定态度。这本书试图给学生提供多种技术才能——也即选择权。它想赋予初学写作者以力量，因为初学写作者正站在两种惊人的、复杂的事物之间——一边是体验（或者一种理念，一种情感），另一边是用最合适的词语组合表达这种体验的冲动。

正如一个房间可以被这个世界众多的、令人炫目的油画作品中的极少部分所照亮，这本书也被一些精彩的诗篇所照亮。这只是一种指示。我想引用的作品有半数以上都未能包含在这本书中——因为没有足够的钱去购买那些作品，没有足够的纸张去印刷它们！对于使用这本手册的人而言，我希望他能在诗歌选集中读这些诗歌，热情地、反复地读。或者，去读那些作者本人的诗集。

《诗歌手册》这本书是与生动地活在我脑海中的诗人们一起完成的；他们的需要和不断增长的问题是我直接关注的。但我希望，诗歌读者也能认同这本书，能通过其中的章节深入探索诗歌思考的运作机制，以及与诗歌史有关的、或许有价值的理念，如果愿意，读者也可以去探索长诗的理念并充满激情地尝试创作诗歌。最后三章主要涉及与诗歌写作者相关的一些重要问题，但是对于诗歌读者而言也是有益的。

在整本书中，我先后使用了三个可替换的概念：学生、初学写作者、写作者。

2 准备 Getting Ready

  在洒满月光的果园，在隐秘的冒险所带来的刺激和甜蜜之中，假如罗密欧和朱丽叶的约会几乎都失败了——这个或那个犹疑了，害怕了或者忙于别的事务——那么，就不会有浪漫，不会有热情，也不会有让我们铭记并赞美的戏剧诞生。写诗与此大同小异。它近似于心灵（大胆而又羞涩的情感工厂）与通过学习掌握的、有意识的技巧之间发生的一场可能的恋爱。他们彼此约会，信守誓言，故事慢慢展开。或者，他们彼此约会，却漫不经心，经常失约：若有所待，故事却没有发生。

  与意识协调一致，并且作为诗歌不可或缺的心理成分——可以说是与星星形状相对立的星星的热度——存在于一个神秘的、无法被描绘的地带：不是无意识，也不是潜意识，而是谨慎。它迅速地领悟正在进行的某种求爱活动。每晚七点到九点，你保证能坐在书桌前。它等待着，观看着。如果你充满信心地坐在那里，它就开始呈现自己——当你写的时候，它开始抵达。但是，如果你只是偶尔坐在那里，经常迟到或者漫不经心，它只会一闪而过，甚至根本不会出现。

为什么会这样呢？它能等待，能沉默地停驻一生，没有人知道我们自身内部这种狂野、柔滑的东西——没有它，就不会有诗——究竟是什么。我们可以肯定的是：如果它即将置身于一种热情的关系之中，作为你意识的一部分而发言，那么，你其他可信赖并且目的明确的部分应该是一个罗密欧。它不介意危险是否正在靠近——危险总在某处盘旋。但它绝不会让自己投身于轻浮之辈。

对于即将创作诗歌的人而言，这是必须首先理解的、最本质的事情。它高于一切，甚至高于写作技巧。

各种野心——包括完成一首诗、让它发表、享受并满足于某人的评论，等等——为作者的创作提供了动力。虽然每一种野心都合情合理，但它们也对诗人的另一种野心构成了威胁：要写得和济慈、叶芝或者威廉姆斯等诗人一样好，或者写得和某个在纸上潦草地写了几行诗、其力量就足以让读者刻骨铭心的诗人一样好。每个诗人的野心应该是写出好诗。至于其他的一切，不过是过眼烟云。

从没有一个时代像今天这样，有如此多的机会，可以让一个诗人如此迅速地获得一定的知名度。名声成为一种较容易获取的东西。有遍布各地的杂志，成百上千的诗歌创作班。也有为喜欢讨论和创作诗歌的人服务的公司，这是前所未有的。

这些都不是坏事。但是，这些对于创作出不朽的诗歌这一难以想象的艰巨目标而言，其作用微乎其微。这一目标只能缓慢地、孤独地完成，它就像竹篮打水一样渺茫。

最后还应注意的是,诗歌是一条河;许多声音在其中航行,许多诗歌跟随着河水激动人心的波浪起伏。一切都在时间之中,每首诗都有自己的历史语境;最后,所有的一切几乎都会成为过去。但是写诗的冲动、世界对一首诗的期待——世界的确需要诗歌——绝不会消失。

假如,不是某个人的诗歌成就,而是全部的诗歌才可以携带着你离开这个生动却有限的世界——打开门锁,窥探到一个更广阔的天堂——那么,你也许会感受到:作家身份之外的感恩以及自我超越的热情和希望。

3　阅读　Reading Poems

我的许多学生几乎将所有的时间都花在创作上，阅读其他诗人作品的时间则少之又少——他们和我一起做阅读练习时才会读。有时我不会为此责备他们。诗人总是太多了！

但是，要写好诗，必须广泛而深刻地阅读。优秀的诗歌是最好的老师，或许是唯一的老师。我甚至想说，如果一个人必须在阅读和参加诗歌创作班之间做出选择，那么他应该选择阅读。

当然，通读整本整本的诗以发现某个特别的老师和参照对象，会花费相当多的时间。当你走进一家书店或图书馆，开始查阅成千上万的图书之前，你也许要谨记两件事：

第一，时间在诗歌领域中的意义非常小。我们已经拥有许多个世纪的作品，拉丁诗人、维多利亚时代的诗人、黑山派诗人——他们都为我们留下了永远生动的作品。然而，说到底，激荡心灵的主题并不太多，也不会有多大的变化，虽然风格和历史背景会改变，但这些只是外在的变化。

寻找诗人和诗歌时，不要拘囿于风格、时间、国家和文化，你必须将自己看作一个特别的、与众不同的部落成员之一，渴望去理解其他时代和其他文化中的诗人，渴望与遥远的声音达成共鸣。你将发现过去与此刻之间的差异非常有趣，他们并非深奥难懂。

第二，我们这个时代有太多的诗人正在创作、发表作品，你不可能读完所有的作品。认为必须与流行期刊保持同步阅读的学生绝不会有时间去了解过去的作品。相信我，不要尝试这样做。或者，至少不要牺牲阅读克里斯托弗·斯马特（Christopher Smart）、李白或马查多（Machado）的时间。

你也许会辩解说，既然要做一名当代诗人，你不想受到前人作品的太多影响，不想与过时的理念发生关联。你希望自己仅仅置身于现代之中。这其实是个错误的想法，真正属于当代的创作必然建立在过去的基础上，只不过与过去保持着一种差异而已。

不管有意还是无意，每个自认为是现代的作品都渴望被喜爱。它其实是通过模仿已经存在、已经被喜爱的东西创作出来的。这意味着，没有新事物。要成为当代的，就必须从一堆过去的作品中脱颖而出，如同火焰从山间升起。只有足够深沉、足够明智的热情，才能带来新鲜的气息！

4 模仿　　Imitation

　　如果不允许模仿，那么我们在这个世界上能学到的东西将少之又少。只有通过反复模仿，掌握了坚实的基本技巧，才能产生一些微小却又非比寻常的差异——正是这些差异使你成为你自己而非其他人。每个孩子都会受到鼓励，去大胆模仿，但是，在创作领域里，受到强调和赞扬的往往是原创性，模仿被视为罪大恶极。

　　这真是太糟糕了。我想，如果更多地鼓励模仿，我们会更好地掌握那些只被片面地、偶然地了解的知识。在成为一个诗人之前，我们必须练习写作；模仿是探究现实世界的极好途径。

　　模仿绝对是利大于弊的。一个学生也许会认为，如果长久地、充满热情地模仿一种风格，以后会很难摆脱这种风格。然而，当一个作者从一种风格或声音转向另一种风格时，这种问题根本不会出现。

　　当我们学会了如何做好一件事之后，从广义上说，这件事已经成为我们的"第二天性"。有许多事情，从莎莉姨妈穿针的方式到艾玛叔叔投票的方式，作为"第二天性"早已占据了我们的内心。它最终需要我们自己的想象力冲动——一种力，一种新的理念——确保我们不仅仅在模仿，而且继承了前人，在现有的基础上取得了进步。一个诗人经过长久的写作和思考——思考其他的风格，在其他事物中思考，极其缓慢地发展出他或她自己的风格。模仿的痕迹渐渐消失，他自己的风格——也即是说，诗人自己确定的目标借助最恰当的技术形式被实现了——开始显现。

过去的诗

然而，过去的诗，提出了一个奇特的、有时是不可逾越的问题。你可以猜到这个问题是什么：韵律。

押韵并遵从严格的韵律写成的诗歌，对我们而言，显得陌生甚至"反常"，对我们的祖辈而言则并非如此。他们从儿时起听的就是那些诗歌——惠蒂尔（Whittier）的诗，坡（Poe）的诗，吉卜林（Kipling）的诗，朗费罗（Longfellow）的诗，丁尼生（Tennyson）的诗以及《鹅妈妈摇篮曲》（Mother Goose）。他们的文学创作当然会模仿他们听过的作品，写出来的就是格律诗了。你必须承认，这是自然而然的。

另一方面，从小没有那种诗歌经验的我们必须学习格律诗的作诗法，如同学习一门外语。它对我们来说并非自然而然。我们也通过模仿我们最初听到的诗歌写出我们的早期作品。这些诗往往是左对齐的格式，呈现了一个或两个意象，不带韵律形式。

熟悉英语诗歌的主体非常重要——这显然是一整块蛋

糕，而近百年以来的无韵诗不过是这块蛋糕上的糖霜。我不是指真正全面地了解——我的意思是要对格律诗有一个大体的了解。诗歌由诗句、充满节奏感的活力和回环往复的声音[1]建构起来，如果没有对这些因素的敏感，就难以达到渴望创新的诗人所必须具备的技术和灵巧。说到底，自由诗也是从格律诗发展而来的，它们之间的差异并非那么绝对，只不过一个有严格的模式，另一个则没有。但是两者都要选择句子的长短、偶尔的跨行连续、轻重音，等等。

当然，我并不建议退回到格律诗的形式，我也不认为创作当代诗歌比创作古典诗歌更简单或者更复杂，我更不会提倡学生们去写格律诗作为一种弥补。我很想这样做，但如果真的这样做，只会是失败的开端。我们对我们所成长的语言环境才有强烈的亲近感，对不熟悉的环境则会抵触。有时，一个幸运的学生可能会爱上格律诗的形式，但大多学生付出了时间和努力却难以得到相应的回报。

通常而言，我们研究英国和美国文学是根据编年史——根据历史阶段——来展开，这无疑是最好的研究方式，根据中心议题和观点，从一个时期到另一个时期，按连续的顺序来进行思考。然而，这种编年史的顺序对于学习写作的学生来说并非完全必要。其实，让格律诗首先出场，经常令人不愉快，有必要让它在轨道上待命。以阅读、探讨、模仿当代诗歌——我指的是当今时代的诗歌——作为开端，

---

[1] 我想，对格律诗缺乏了解，会让英语系和创意写作系同时感到担忧。那些不愿意真正了解诗韵和其他创作技巧的学生忽视了多少诗歌效应？诗歌总是叙述和形式的结合，是有目的的，旨在清晰呈现。但是这个问题没有受到普遍的认真对待。

效果会更好。当学生们变得更有信心、野心更大、技巧更为复杂之后，可以建议他们回头去模仿格律诗那种有难度的形式。

无论一首诗最初看上去多么接近口语，它都包含着与日常语言的本质差异。我们可以称这种差异为正式、压缩性、规范化、想象力——无论称其为什么，这种差异都是根本性的，足以让学生去思考，而且，这种差异无关于格律。你会希望学生理解，而且是尽快理解，日常语言和文学之间的距离既不那么深刻也不那么遥远，但的确存在一种重要的差别——无论在意图还是强度上。为了关注这种主要的、永恒的差异，学生不能在结构或叙述上陷入迷津，必须对两者都进行掌握。一个人自然而然所掌握的语言是敏锐而生动的中介，是一个人的思想可以采用的原材料。在本质上并不是一种全新的语言。

现代诗

现代诗——也即是说，以"自由形式"写成的诗——并没有使我们脱离格律诗的轨道。创作这些诗歌仿佛是我们可以胜任的工作，其特质和易变的形式使我们以为我们能成功地"模仿"它：不存在我们既不理解也不企图准确使用的明确规则。对这种语言——与我们的日常语言并无明显差异——的熟悉给予我们信心[2]。此外，其中的一些诗很短——即便写一首诗很难，但我们至少可以迅速地完成它！

这种自信是有帮助的，能让学生不退缩，勇敢地投身其中。这样很好，一个人可以在思考写作、谈论写作的过程中学习，但最主要的学习途径只能是写作练习。

模仿现代诗是一种很好的学习方式，可以帮助我们认识到它们终究是不一样的，其内部包含着差异，这些差异是不变的、精致的、强烈的、极为有趣的。让学生们去模仿约翰·海恩斯（John Haines）诗歌中那种淡淡的温柔；让他们尝试一下惠特曼（Walter Whitman）的长诗句节奏，将肉体的愉悦和精神的好奇紧密结合起来；让他们模仿伊丽莎白·毕肖普（Elizabeth Bishop），连同她观察细致入微的眼睛；让他们模仿罗伯特·海登（Robert Hayden）或者琳达·霍根（Linda Hogan）那种热情的喷发，或者露西·克利夫顿（Lucille Clifton）的辛辣智慧。让他们模仿再模仿——学习再学习。

当我写到这里时，我不禁又想起了视觉艺术专业学生们的训练方式：难道我们没见过一个年轻的画家在美术馆临摹维米尔（Vermeer）或者梵高（Van Gogh），并且相信他们自己正在进行一种有价值的学习？

某个作家作品中的情感自由、完整性和独特品质——这些不是在写作初期就具备了的，而是到最后才具备的。只有通过耐心、勤奋以及灵感，才能获得。

---

2 当然，并非所有的当代诗人都以这种完全可以理解的方式使用语言。我想到了——经常作为榜样运用的——那些诗人：罗伯特·弗罗斯特（Robert Frost）、理查德·艾伯哈特（Richard Eberhart）、西奥多·罗克特（Theodore Roethke）、格温多林·布鲁克斯（Gwendolyn Brooks）、罗伯特·海登、伊丽莎白·毕肖普、威廉·斯塔福德（William Stafford）、詹姆斯·赖特（James Wright）、约翰·海恩斯、丹妮斯·莱维托芙（Denise Levertov）、唐纳德·霍尔（Donald Hall）、马可欣·库民（Maxine Kumin）、露希尔·克里夫顿。这份名单只列举了其中一部分。

5　声音　　Sound

　　创作一首诗，我们必须创造声音。不是随意的声音，而是有选择的声音。

　　我们创造的声音有多重要？我们如何选择、选择何种声音？

　　"Go(走)！"听起来和"Stop(停)！"不一样。在某种意义上，词语不会带来相同的感受。"Hurry up(快)！"听起来或感觉起来和它的反义词"Slow down(放慢)！"完全不同，"Hurry up！"带着行动的摩擦，跳跃到最后的重击。"Slow down！"从舌头倾吐而出，平坦如两只碟子。声音各不相同。声音至关重要。"只要物，不要理念"，威廉·卡洛斯·威廉斯(William Carlos Williams)说，然而，我们在此要讨论的不是物，而是代表物的词语的声音。一块"rock(岩石)"不是一块"stone(石头)"。

　　但是，为什么一块"rock"不是一块"stone"？

叮咚，拟声法

"叮咚"理论，不再被严肃对待，但是仍然保持了它谜一般的特征。下面是韦伯斯特[3]对它的定义：

> 卡尔·威廉·海泽（Karl Wilhelm Heyse）提出的一种理论受到了马克斯·穆勒（Max Müller）的认同（后来他抛弃了这种理论）。这种理论坚持认为，语言的原始要素是被感官印象激发的反映式表达；即是说，创造力赋予每个普遍性概念一种有声的表达，当它最初颤抖着掠过大脑时；——因此用近似于铃舌敲响铃铛的声响来戏称这一理论。……也可称其为汪汪理论，噗噗理论。

这一理论没有流传下来，多么令人惋惜！好在我们还有拟声法，与感觉相连的个体声音，后面我们会讨论。但是拟声法没有拓展成为语言中的重要成分。

字母表——声音的家族

让我们讨论另外一个问题。下面的例子选自1860年出版的语法教材[4]。它将字母表——我们的"原始材料"——进行了分类。

> 字母可分为两大类，元音字母和辅音字母。
> 一个元音字母单独发音时形成了一个完整的声音。一个辅音字母不能完整地发音，除非加入元音字母。

元音字母有 a、e、i、o、u，有时 w 和 y 也可算在内。其他所有字母都是辅音字母。

（在同一音节中，当 w 和 y 位于一个发声的元音字母之前时，被称为辅音字母，例如在 wine、twine 和 whine 等单词中。在其他情况下，w 和 y 都是元音字母，例如，newly、dewy 和 eyebrow 等单词。）

辅音字母可分为半元音字母和哑音字母。

半元音字母是没有元音字母也能不完全发声的辅音字母，因而，在一个音节末尾，它的声音也许会被延长，例如音节 al、an、az 中的 l、n、z。

半元音字母有：f、h、j、l、m、n、r、s、v、w、x、y、z，和作为清辅音的 c 与 g。但是在一个音节末尾时 w 或 y 就是元音字母了。c、f、g、h、j、s 或 x 只可以作为一种送气音或爆破音被延长。

四个半元音字母——l、m、n 和 r——被称为流音字母，说明了它们声音的流动性。

其他四个字母——v、w、y 和 z——也比送气音更响。

哑音字母是没有元音字母根本不能发声的辅音字母，它在一个音节末尾，突然屏住了呼吸，例如音节 ak、ap、at 中的

---

3 《韦氏新国际英语大词典》未删节第二版。斯普林菲尔德：G.&C. 梅里厄姆公司，1958年。第20-21页。
4 　古尔德·布朗编的这本皮面装订的小册子名为《布朗语法（修订本）》（纽约：英语语法协会，1860）。在这里引用更现代的教材也许更合理一些。然而，有一天在家里浏览布朗的这本书时，我无法抑制地一直读下去了；仔细地查看了标题，我的眼睛无法摆脱这本书，它如此丰富，富有吸引力，为了讨论声音问题，我一直在读它。我没有受过语言学训练，在此我只想提出一些与声音有关的、有用的、重要的观点。

k、p、t。

哑音字母有八个：b、d、k、p、q、t，和作为浊辅音的c与g。其中三个——k、g和浊辅音c——听上去非常相似。相比于其他字母，b、d和浊辅音g不会那么突然地停顿。

现在我们开始理解，我们的创作材料——字母——表达了声音的家族，而不是任意的声音。有哑音字母、流音字母、送气音字母——元音字母、半元音字母和辅音字母。我们明白了，词语不仅仅是一个定义，一个可能的内涵，而且也是可以被感觉到的、它们自己的声音特质。

岩石或石头

下面的三个短语意指相同。但是我们在特定的环境下只会使用其中某一个短语，而不会使用其他的。这三个短语分别是：

Hush(别说话)！
Please be quiet(请保持安静)！
Shut up(闭嘴)！

第一个短语是我们哄孩子时可能会用到的，我们不想表示出被打扰或者生气的感觉。(这里根本没有哑音。)

第二个短语稍显干脆，但语调保持着礼貌。我们也许会在剧院使用它，要求陌生人停止讲话。(这个短语使用了四个哑音——p、b、q和t，几乎每个哑音都是"静下来"的意思,其中使用了两次元音,一次流音。)

第三个短语是最有趣的,也是命令式的。它很突然;它发出命令,不容争辩,不耐烦,甚至很生气。使用这个短语意味着很严肃。(在这个短语中,哑音字母t和p,都不弱读;相反,元音字母位于它们前面;哑音字母是词语最后干脆的爆炸。两个词都用一个哑音字母迅速结束了它们的发音。)

一组短语不可能给出结论性的证据,但它的确暗示,在词语的意义、内涵和实际的发音中存在着或可能存在着相互关系。

那么,岩石(rock)和石头(stone)之间的差别是什么?两个词都使用了元音字母o(在rock中发短音,在stone中发长音),都是单音节词,有相似的结尾。stone这个单词的开头有一个哑音字母,然后被一个元音字母柔化了。rock以哑音字母k结尾,k"突然屏住了呼吸",在声音的边缘有一颗沉默的种子,它虽然简单,却是确定的,无法被否定的,它不同于stone结尾的one。在我的意念之眼中,我看到了石头气息柔和的圆满,以及岩石突兀的、有棱角的边缘。

罗伯特·弗罗斯特的《雪夜,停驻林边》

读罗伯特·弗罗斯特的《雪夜,停驻林边》(*Stopping by Woods on a Snowy Evening*)时,要牢牢记住诗歌中正在进行的活动——旅途中的停驻,发言者宁静、内省的声音,黑暗而孤独的树林,飘落的雪花等等。

开头的四行诗充斥着w's和th's;有f和v;有三个ll's。双元音增强了元音字母的分量。以哑音字母结尾的两个词

(think 和 up)在诗行中被软化了。其他的哑音字母都在它们的词语中被软化了。阅读这首诗时你不得不使用一种宁静的、沉思的、近似于低语的音调。

你可以提及与第二节诗中的小马相关的许多事物。它是诗歌中的发言者所关注的唯一客体，也是诗中唯一活动着的另一种事物。它和此刻犹豫着是否要继续旅程的发言者一样心甘情愿。不管怎样，我们被发言者所吸引，去观看这匹小马，当我们看的时候，低沉的介绍的声音及内心的独白，并不比雪花飘落的声音更响，又被轻快的、稍微有些尖锐的声音所打断——不是木槌似的声音，没有那么沉重，而是另外的声音。"我的小马一定奇怪"，这个句子不是活泼的诗行，而是"沉思"的声音，带有轻轻的、强烈的 k，这次跟随的不是一种更柔和的声音而是小片的"it"和"queer"，是 k 的回声，使它比第一节诗更有生机。"stop"是一种轻快的声音，接着又被诗行的剩余部分平复了。在"lake"之后，在诗行摇晃之前，有一种短暂的缺口，一种沉默的断裂，从中流出了一股不同的电流，形容词"darkest"再次重复了 k，如同两次不安的敲打。

在第三节中有倒装形式。喉部的哑音字母不但没有被平复——没有被一种更柔软的泼溅的声音所吞没——反而在柔软的声音之中、之后升扬起来，坚持它们必须被听到。

第一个浊辅音 g 出现在第三节诗的第一行："他摇晃了一下铃铛"，虽然 g 很快被两个 h's 平复了，回顾的时刻几乎结束了，但耳朵期待着与"bells"和"shake"相伴随的终结——比"lake"更响亮，更有力。在接下去的诗行中，k 在意味深长的词"ask"中重复（在诗歌中，旅行者不是唯一"询问的"生物）；第三节的这一行诗以及接下去的诗行都以哑音字母结尾。在这一节诗中，我们有"shake""mistake"，"sweep"和"flake"这样的结尾，在前面的两节诗中，只有一次类似的结尾（第7行以"lake"结尾）。

在这样的声音中，某种事物激动人心；它引导我们为第四节的决心做好准备。"这片树林可爱"，将我们恰如其分地带回第一节的心情，但这一行的后半句蹦出了"黑暗，深沉"，这两个词都以一个哑音字母开头，又结束于一个哑音字母。它们在声音中表达了它们自己，又不仅仅只是表达了自己。它们不仅指明了树林是黑暗的、深沉的，而且指明了发言者来到了他意念中的另一个地方，能够以不同的方式发言，用如同一只胳膊的动作般的声音指出了一种新的决定和决心。

最后一节的第二行，开始并结束于一个哑音字母，处于诗行中心的"promises"一词中有沉重的p。第三行和第四行，是重复的，也是复杂的。"miles"，柔软的声音，代表了一个人全部艰难的、有限的岁月，漂浮在沉重的哑音字母之上，行进到诗行的结尾——"go""before""sleep"。哑音字母明确无误的分量，确保了最后一行不止是第三行的重复。每件事都超越了它最初意义的限制；它不仅是意义的超越，而且是使它发挥作用的、超越性的声音。假如是错误的声音，不可能产生这种效果。

我并不是指弗罗斯特在创作这首诗歌的时候，会坐下来计算哑音字母、吸气音等。我也不会暗示有哪个诗人真的会这样做。我想说的是，诗人们既为他们的声音也为他们的意义选择词语——优秀的诗人最初总能做出正确的选择。当然，他们也修订。但是他们已经——有人会说是"自然而然地"——依靠知识储备和敏感性创作了近似于奇迹的声音感觉。

他们如何做到的？我们知道人与人的语言态度不同。正如搬运工或者工人——或者脑科医生——通过学习和经验来进行自我提升，诗人也通过学习和"实践"变得更老练。

词语技巧可以学习。它们可以被讨论和练习。于是一种美妙之事发生了：有意识地学习到的东西沉淀在精神之所——你能依赖它，精神会"记住"它所学到的，那些东西将浮现出来，在最初的创作中发挥作用。

写作《雪夜，停驻林边》时，弗罗斯特没有纠结于声音。他无需如此。他是一个高明的诗人。这首诗是人类的两难处境和决心的精彩呈现。这是天才的诗作。不止一种技术手法造就了它，但它首先是对声音的精彩运用。

Stopping by Woods on a Snowy Evening

Whose woods these are I think I know.
His house is in the village though;
He will not see me stopping here
To watch his woods fill up with snow.

My little horse must think it queer
To stop without a farmhouse near
Between the woods and frozen lake
The darkest evening of the year.

He gives his harness bells a shake
To ask if there is some mistake.
The only other sound's the sweep
Of easy wind and downy flake.

The woods are lovely, dark and deep.
But I have promises to keep,
And miles to go before I sleep,
And miles to go before I sleep.

— Robert Frost

雪夜,停驻林边

这是谁的树林,我想我知道。
他的房子在村中;
他不会看见我停驻在此,
凝望他被盖着雪的树林。

我的小马一定奇怪
为何停驻,并无一座农舍
在树林和结冰的湖水之间,
这一年中最黑的夜晚。

他摇晃了一下铃铛,
询问是否有误。
除此之外唯一的声音
是舒缓的风和轻柔的雪花。

这片树林可爱、黑暗、深沉,
但我还有诺言要遵守,
得赶几英里路才能安睡,
得赶几英里路才能安睡。

——罗伯特·弗罗斯特

6 更多的声音技巧　More Devices of Sound

　　写在纸上的诗向倾听的头脑发出声音。这里是一些被反复使用、经时间验证过的、长久而有效的技巧。每一种都为语言增色，有助于征服读者。

　　头韵（Alliteration），严格地说，是一行或多行诗中词语起始音的重复。

　　在何时使用头韵最好？在一个诗句中使用多少头韵最好？不要担心过度使用。尽管去用这种响亮而生动的技巧吧。在阅读时也请留意这种技巧。未来某一天，在头韵的帮助下，你也许能写出和罗伯特·潘·沃伦（Robert Penn Warren）的这些诗句一样美妙的（过分的）诗句：

> The <u>b</u>ear's tongue, pink as a <u>b</u>aby's, out-crisps to
> 　the curled tip,
> It <u>b</u>leeds the <u>b</u>lack <u>b</u>lood of the <u>b</u>lueberry.
>
> (Audubon: A Vision)

熊的舌头，粉嫩如婴儿的，
卷曲的舌尖脆裂，
它挤出蓝莓黑色的血。

《奥杜邦：一种幻象》

或者写出罗伯特·弗罗斯特似的诗句：

I saw you from that very window there,
Making the gravel leap and leap in air,
Leap up, like that, like that, and land so lightly
And roll back down the mound beside the hole.
(Home Burial)

我从那扇窗子看见你，
让石子跳动，跳动，在空中，
跳起，就那样，就那样，然后轻轻落下
滚回洞边的土堆。
《家庭葬礼》

有时头韵包含词语开头和中间声音的重复，正如"blueberry(蓝莓)"一词中的"b"。它也是我们所知道的和音(Consonance)。下面是一个例子：

The little boy lost his shoe in the field.
Home he hobbled, not caring, with a stick whip-
　ping goldenrod.
(Little Boy and Lost Shoe)

小男孩在地里弄丢了鞋子，
他蹒跚着回家，毫不在意，
用一根棍子抽打着金盏花。
《小男孩和丢失的鞋子》

谐元音是一行或几行诗中的词语内部元音声音的重复。在效果上，这种重复创造了一种近似的韵律。

上面选自弗罗斯特《家庭葬礼》的这一节诗的结尾，包含有三个谐元音（第一个用圆圈标示出来，第二个用下划线标示出来）：

　　　　　　　　　　and land so lightly
And roll back down the mound beside the hole.

然后轻轻落下
滚回洞边的土堆。

在这个非常简洁的句子中,"down"中的ow和"mound"中的ou构成了第三个谐元音。

谐元音一般在词语内部,因此不像头韵那么明显,但这并不意味着它的作用很小,或者不重要。我们再来看看另一个例子,这是选自梅·史文森(May Swenson)的诗《关于从迎风的岛屿上搬走一些小贝壳》(*On Handling Some Small Shells from the Windward Islands*)中的一段:

Their scrape and clink
Together of musical coin.

　Then the tinkling of crickets
　more eerie, more thin.

Their click as of crystal,
wood, carapace and bone.

　A tintinnabular[5] fusion.
　Their friction spinal and chill.

它们的刮擦声、叮当声
混合成音乐的硬币。

蟋蟀的叮叮声
更怪异,更微弱。

它们的咔哒声如水晶,
木头、甲壳和骨头。

叮铃铃的融合。
它们的摩擦尖锐、冰冷。

发短音的i在诗歌中奔跑,作为双元音的一部分使用(在"their""coin""eerie"和"fusion"等单词中),并非谐元音名正言顺的一部分;当然,"spinal"中发长音的i也不是,但

5　如此快乐、她忍俊不禁。(参见下一页坡的诗句。)

是"crystal"中的 y 是谐元音的一部分。

双元音中的 i 以及"spinal"中明显是突然变得尖锐的发长音的 i，它们的声音效果是否并不从属于这一段的整体效果？这种质疑是有道理的。在谐元音中，有嫡亲的声音——也有表亲的、二代表亲的声音，等等。

拟声法是用一个词语的声音以及感官感受来表达它所定义的。虽然并非总是如此，但大部分情况下却是这样的，这些词是自然的声音。例如，蜜蜂的嗡嗡声（Buzz）、牛的哞哞声（moo）、鸟的唧唧声（chirp）、雷的隆隆声（rumbles）。

埃德加·爱伦·坡（Edgar Allan Poe）的诗歌《铃铛》(*The Bells*) 也许是拟声法最著名的例子。这里只选了四行：

Keeping time, time, time,
In a sort of Runic rhyme,
To the *tintinnabulation*[6] that so musically wells
From the bells, bells, bells, bells,……
(*The Bells*)

把时间，时间，时间，
用尼文似的韵律，
保留在叮铃铃中，它音乐般地涌出，
从铃铛，铃铛，铃铛，铃铛……
《铃铛》

"叮铃铃（Tintinnabulation）"是共鸣的名词，包含了铃铛的声音。也许，比作为拟声使用的其他任何词更具动词的

---

[6] 斜体由作者所加，后面引文中亦是如此。

效果。另外两个例子,都来自罗伯特·潘·沃伦的诗:

> We took the big bellied gun that belched.
> We broke it.
> (Chief Joseph of the Nez Perce)

我们举起喷火的大肚子枪。
我们打碎了它。
《内兹·佩尔塞的约瑟夫酋长》

在船舱中,一个女人和她的儿子们正在喝酒,低声交谈。奥杜邦躺着,醒着,听到了,感到了对他生命的威胁。这句话重复了两次:

> He hears the jug slosh.
> He hears the jug slosh.

他听到壶在晃动。
他听到壶在晃动。

当然,这里所选的例子中,不止有拟声法在努力创造预期的效果。在《铃铛》一诗中,韵律提供了一种持续的跳动,创造了铃铛摇动的氛围。在第二个例子中,头韵有一种重要的预备功能。在第三个例子中,非常简单的一句话,没有丝毫变化或精雕细琢,暗示奥杜邦听得多么仔细,致命的声音一定是微弱的。

对元音的排列,没有规则,尤其是下面这一段的最后一行。然而,无论有无规则,声音的变化或关联性都是一个重要问题,这是显而易见的。

But the music of your talk
Never shall the chemistry
Of the secret earth restore.
All your lovely words are spoken.
Once the ivory box is broken,
Beats the golden bird no more.

(Edna St.Vincent Millay, *Memorial to D.C.: V.Elegy*)

但是你谈话的音乐

绝不会归还

神秘泥土的化学成分。

你全部可爱的词被倾吐。

一旦象牙盒被打破,

金色的鸟就不再敲响。

埃德娜·圣·文森特·米莱,

《纪念D.C.：V.哀歌》

  语言是丰富的、可塑的。它是一种生动、动态的材料，诗歌的每个部分都与其他部分——内容、节奏、措辞、韵律和语调——相关联并产生效果，也与滑动的、飘荡的、跳跃的、敲击的声音相关。

7 诗行　　The Line

散文和诗歌的第一个明显差异在于：散文根据纸张的宽度进行排版（或创作），而诗歌是分行创作的，无需留意纸张的宽度，尤其是右边的宽度。

诗（Verse）这个词来自于拉丁文，有"转向"（to turn）的意思（如拉丁词"versus"）。今天的诗人们并不经常用既定的形式，例如十四行诗，来进行创作，但他们必须理解在各个可能的点上——一个逻辑短语中（由此制造了中断）、句子结尾或者逻辑单元结尾等处——进行分行会制造何种效果。

这个主题——分行——是每个诗人在他或她的创作生涯中必须处理的问题之一，也是令人高兴的问题之一——因为每次分行都是一次有意义的决定，其效果必定会被读者感受到。这也区分了诗人究竟是在创作格律诗还是自由诗。

要讨论诗行，它的普遍力量以及这种力量的各个特定部分，最好通过分析格律诗行来进行，我们将以此作为起点。

长度和节奏

让我们首先考量（理解）以下四种事实：

1、在格律诗中，诗歌的每一行能被分解成音步（feet），每个音步又可分解成轻重音（stress，指音节的发音），以呈现整个节奏模式。

2、将一行诗分解成押韵的音步，将每个音步分成轻重音的过程称之为音步划分（Scansion）。

3、抑扬格（iamb），或者抑扬格音步（iambic foot），是一个轻音节，后面跟着一个重音节。

[例]　Ŭpón

五个抑扬格的音步连在一起组成了一句抑扬五步格（iambic pentameter）诗行。

[例]　Ŭpón | thosĕ boúghs | whĭch sháke | ăgáinst | thĕ cóld, ...

(William Shakespeare, Sonnet LXXIII)

因寒冷而颤抖的枝条上……

威廉·莎士比亚，

《十四行诗第73首》

在英语格律诗中，抑扬五步格（五音步）诗行[7]是运用最广泛的诗行。它运用在十四行诗、弥尔顿的《失乐园》

---

[7]　其他的格律诗行、音步以及表示它们的符号没有呈现在下面的表格中。

(*Paradise Lost*)、莎士比亚的戏剧和十四行诗以及华兹华斯（William Wordsworth）的《序曲》(*The Prelude*)中。有些美国诗人，包括罗伯特·弗罗斯特的一些诗歌也采用了这种诗行。

格律诗行

1. 有一个音步的诗行叫单音步诗行（monometer）。
2. 有两个音步的诗行叫双音步诗行（dimeter）。
3. 有三个音步的诗行叫三音步诗行（trimeter）。
4. 有四个音步的诗行叫四音步诗行（tetrameter）。
5. 有五个音步的诗行叫五音步诗行（pentameter）。
6. 有六个音步的诗行叫六音步诗行（hexameter）。
   如果它是纯粹的抑扬格诗行，也叫亚历山大体（alexandrine）。
7. 有七个音步的诗行叫七音步诗行（heptameter）。
8. 有八个音步的诗行叫八音步诗行（octameter）。

音步和象征

1. 抑扬格（iamb）：一个轻音节，后面跟随着一个重音节。⌣ ́
2. 扬抑格（trochee）：一个重音节，后面跟随着一个轻音节。́ ⌣
3. 扬抑抑格（dactyl）：一个重音节，后面跟随着两个轻音节。́ ⌣ ⌣
4. 抑抑扬格（anapest）：两个轻音节，后面跟随着一个重音节。⌣ ⌣ ́
5. 扬扬格（spondee）：两个平行的重音节。́ ́

下面是你们或许很熟悉的五音步诗行：

Forlorn! |the ver|y word| is like| a bell...
(John Keats, To a Nighttingale)

绝望！这个词像一个铃铛……
约翰·济慈,《夜莺颂》

Shall I|compare|thee to| a sum|mer's day?
(William Shakespeare, Sonnet 18)

我应将你比作夏日？
威廉·莎士比亚,《十四行诗 18》

The shat|tered wa|ter made|a mis|ty din.
Great waves|looked o|ver o|thers
   com|ing in,...
(Robert Frost, Once By the Pacific)

被击碎的海水发出迷茫的叫喊。
巨大的波浪层层
翻滚,……
罗伯特·弗罗斯特,《曾临太平洋》

Bright star!|would I|were stead| fast as| thou art—
(John Keats, Bright Star! Would I Were Steadfast as Thou Art)

明亮的星！愿我如你一般坚定
约翰·济慈,
《明亮的星！愿我如你一般坚定》

下面是一些四音步的诗行，每一行包含四个轻音、四个重音：

I wan|dered lone|ly as| a cloud
That floats| on high|o'er vales| and hills,...
(William Wordsworth, I Wandered Lonely...)

我孤独地漫步，像一朵云，
高高飘荡在溪谷和山冈……
威廉·华兹华斯,《我孤独地漫步……》

In Xan|adu|did Ku|bla Khan
A state|ly plea|sure-dome|decree:
(Samual Taylor Coleridge, Kubba Khan)

忽必烈汗曾在上都下令
建造庄严的行宫
塞缪尔·泰勒·柯勒律治,《忽必烈汗》

Whōse woods| thēse are| Ī thīnk|Ī knōw.
Hīs house|īs īn| thē vīl|lāge though ; …

(Robert Frost, Stoppmg by Woods on a Snowy Erenmy)

这是谁的树林，我想我知道。
他的房子在村中；……

罗伯特·弗罗斯特,《雪夜，停驻林边》

虽然五音步诗行和四音步诗行在长度上只相差了一个音步，它们却是完全不同的诗行。在四音步诗行中，有一种迅捷和欠缺感，甚至有一点点兴奋，五音步诗行则不会激发这种感觉（五音步是圆满的，却又不是过分圆满的，在任何方向都没有明显的压力）。

三音步诗行能激发一种更强烈的激动和敏捷：

Thē Whis|kēy on| yōur breāth
Could make| ā small| boy dīzzy ;
But Ī| hung on| līke death:
Such wal|tzīng was| not easy .

(Theodore Roethke, My Papa's Waltz)

你呼出的威士忌
让一个小男孩头晕目眩；
但我如死亡相随；
那种华尔兹并不容易。

西奥多·罗特克,《我爸爸的华尔兹》

在五音步诗行的另一边是六音步诗行或亚历山大体诗行（第一行当然是五音步诗行；第二行是亚历山大体诗行）：

Āwake ! |ārise ! |mȳ love , |ānd fear|lēss bē ,
Fōr o'er| thē south|ērn moors |Ī have| ā
  home| for thee.

(John Keats, The Eve of St.Agnes)

醒来，站起来，我的爱，无需畏惧，
在南方的旷野我为你建造了一个家。

约翰·济慈,《圣·伊诺思的夜妆》

选择诗行的长度多么重要！它对读者产生的作用简单，可靠，无法逃避。

五音步诗行是英国诗人使用的主要诗行，这并没有什么神秘的原因，只是因为五音步诗行最匹配英国人肺的呼吸节奏——即他们讲英语时的呼吸节奏——因此五音步诗行摆脱了任何特殊效果。[8]它恰如其分，不作强调，创造了一个完整的句子，结尾几乎不留空隙，因此，它不会传达特别的信息。你可以说，它是规范。

然而，对这种规范的每一次偏离，都会发送信息。各种刺激，连同它所伴随的身体和心理的紧张，"令我们无法呼吸"。比五音步更短的诗行总是呈现这种效果。读者被更短的诗行带入一种非比寻常的专注，这种专注朝向日常之外的某种处境。四音步诗行比五音步诗行更轻松自然地释放了一种被感知到的激动、不安或者快乐等。

这是因为，当我们内心充满信任、悠闲自在时，我们会在长度和广度上花时间，关注细节、细微差别，乃至逸事。例如，我们会划一根火柴点燃一堆叶子，退后，描述接下来所发生的事。但是，当一些危险的、痛苦的、令人烦恼的事情发生时，我们就没有时间应付那些无关紧要的事——当篝火的跳跃超出了我们的控制范围时，我们会跑开，当我们跑开时我们只会叫喊一个词"火！"。

较长的诗行（比五音步更长的诗行）暗示了一种比人更伟大的力量。它仿佛能借助简单的忍耐力——超出一般的肺功能——变得宏大，未卜先知。它也能表达充足、丰富

---

[8] 当然，由此也很快产生了历史和文化影响——即是说，五音步诗行一旦建立起来，人们用它创作了伟大的作品，那么其他诗人自然会模仿这种强有力的形式去创作他们的诗歌。

和愉悦感。无论它所携载的是哪一种语言的货物，它都传达了一种势不可挡的机器的感觉。

和惠特曼的有些作品一样，罗宾逊·杰弗（Robinson Jeffers）的长诗经常与预感共鸣。金斯伯格的能量常常在超长的诗行中被适当地孕育。

在格律诗中，诗行长度（音步的数量）也许完全相同，但是在有些例子中，诗行的长度会有变化，因此使整个韵律机制变得复杂。艾米莉·狄金森通常使用的诗节[在后面我们会详细讨论。这种诗节也是新教赞美诗、塞缪尔·泰勒·柯勒律治的《古舟子咏》（The Ancient Mariner）中的一些篇章以及其他一些抒情诗所采用的诗节形式]第一行是四音步诗行，第二行是三音步诗行，随后又是一行四音步诗行和三音步诗行。音步（偶尔有例外）是抑扬格，常常是两行一句，例如：

> It was| not Death,| for I| stood up,
> And all| the Dead,| lie down—
> It was| not Night,| for all| the Bells
> Put out| their Tongues,| for Noon.
> (Emily Dickinson, *No.50*)

这不是死亡，因为我站起，
而所有的死者，躺下——
这不是夜晚，因为所有的铃铛
伸出他们的舌头，为正午。
艾米莉·狄金森，《作品50号》

即使在这四行的诗节中，你也可以注意到制造这种强烈音调的一些元素，这在狄金森的诗歌中很常见。一句四音步诗行，自我激发地开始了这一节。用一个音步将诗行一分为二，在更短的跨度内结束了从第一行开始的这个句子，这两种方式增强了张力。而相似的另外两行：一个四音步诗行和一个三音步诗行,创造了另外一个句子。这种重复,经常是一种令人愉悦的手法,在这里引起了幽闭恐惧症,一种仪式感——一种可怕的形式感。有人会想起狄金森自己的诗句:"巨大的痛苦之后,一种形式感降临——"("After great pain, a formal feeling comes——",引自她的作品 No.341)。当然,词的发音也发挥了作用,诗行结尾相似的发音(down/noon)以及破折号带来的屏息,都发挥了作用。这一切,都在制造这一节诗的效果——没有什么东西是静态的或中性的。

定型

读者开始阅读时,很快就会进入一首诗的节奏模式中。只需两三行诗句就能将节奏以及那种节奏所带来的愉悦感传递给读者。节奏是最有力的愉悦感之一,当我们感受到一种愉悦的节奏时我们希望它能持续。当它持续时,美好会变得更为美好。当它变得可信赖时,我们就置身于一种身体的天堂。摇篮曲的节奏以一种简单、精彩的形式提供了这种愉悦。

"自由"诗和格律诗都会对普遍节奏进行迅速回应,即使自由体诗的形式比格律诗的形式更少量化的规范。

初学写作者必须记住,这些形式多么有力。节奏构成了万物的基础。在一首由较长的诗行组成的诗歌中,把一个词单独作为一行,无论有意或无意,这个词已经成为了一个关键词。所有的注意力被引向它。它意味着某种非常重要的事物,必须被放在这里,以突然的拍击或断裂打破节奏。

当你想改变,或者不得不改变,或者决定去改变读者的生理情绪时,请改变诗行的长度或者既定的节奏。武断地或漫不经心地改变诗行的长度或节奏,你会让读者感到困惑,从感官上刺激读者——将他从兴趣和愉悦地带扔了出去。我想追问的是,假如愉悦不是诗歌的重要功能,那么华兹华斯在他《抒情民谣的序言》(Preface to Lyrical Ballads)一诗中为什么要42次提及"愉悦"一词?

当然,说到节奏,我并不认为节奏如此严格或者呆板,只能准确地自我重复。请记住,语言是一种生动的材料,充满了阴影、突然的跳跃和无数细微差异。语言中没有什么东西,包括节奏型,是完全正确或者重复的,即使有正确和重复的东西,我们也不会喜欢它。这把我们带到了下一个主题:必要的变化。

变化

优秀诗歌的诗行倾向于稍稍无规则。流行的节奏是必需的,但变化能提升这种形式的力度。节奏单调的诗歌是一种沉闷的诗歌[9]。变化用不同的触碰惊醒我们,正如一个军乐队中鼓点的节奏可以让两件事同时进行:一是一种严格而有规律的敲打,二是一些对位的重音、花式鼓点,乃至沉默。这种生动性使我们保持兴趣,"沉浸其中"。在诗歌内部,无

9　但是,在常规之外总有不可思议的例外。《雪夜,停驻林边》是按规范的抑扬格四音步形式创作的——总共有16行,64个音步。细微差异和变音提供了唯一的变化。

规律性也许是为了制造变化；也许是为了制造词语本身所要求的强调；为了追求精确性；为了加强语气，等等。

此外，我阅读一首诗中的某个句子的方式和你阅读它的方式之间也许会有一些变化。我们都没错；我们都在合理的约束之中。或许在一定程度上，正是我们每个人阅读一首诗时所运用的个体变音才创造了与这首诗的个体纽带。这比单纯判断可能的对错更复杂、也更有趣。

再看看作为抑扬格五音步例子的一行诗：

Forlorn!| the ver|y word| is like| a bell

(John Keats, *To a Nightingale*)

绝望！这个词像一个铃铛

约翰·济慈,《夜莺颂》

在这行诗中，抑扬格五音步的音步规则被正确地标注出来。但这行诗的读者肯定会更强调词语"forlorn"和"bell"，而不是"very""word"或者"like"，虽然后面这几个词都是重音。显然，在简单的规则下，重读和轻读有不同的强调程度。

但是在有些诗行中，这种控制轻读和重读的不同方式很难将一些词的重读、轻读分辨清楚。在某些情况下，需要更确定的因素。让我们看看选自《爱德华先生和蜘蛛》(*Mr. Edwards and the Spider*) 中的这三行诗：

On Windsor Marsh, I saw the spider die
When thrown into the bowels of fierce fire:
....
But who |can plumb| the sink|ing of| that soul?

(Robert Lowell, *Mr.Edwards and the Spider*)

哦，温莎·马什，我看见蜘蛛死了

当它被投进烈火的肚肠时

但是，谁能探索那个灵魂的沉沦？

罗伯特·洛威尔《爱德华先生和蜘蛛》

第三行，抑扬格的形式需要轻读最后一个音步的"that"（那个）。但这个规则毫无意义；这个词本身以及它在诗歌中的意义决定了它需要重读。此外，考虑到规则或"灵魂"一词的意义，除了重读它，我们别无选择。

对这种重读和轻读进行的必要调整也有一个名称，叫扬扬格（spondee）。同等分量的两个重音可以取代抑扬格的音步，以照顾诸如"心碎"（heartbreak）、"案板"（Breadboard）等复合词——在逻辑或形式所需要的任何时刻都可进行这种调整。因此，前面引用的洛威尔诗中第三行的音步可以像下面这样来划分，从而增强短语"that soul"的可读性：

On Windsor Marsh,I saw the spider die
When thrown into the bowels of fierce fire:
．．．
But who |can plumb| the sink|ing of| that soul？ [10]

哦，温莎·马什，我看见蜘蛛死了，
当它被投进烈火的肚肠时

但是，谁能探索那个灵魂的沉沦？

再看看济慈的这行诗，是被抑制了的爆发：

Bright star！|would I| were stead| fast as| thou art ——

明亮的星！愿我如你一般坚
定——

济慈十四行诗开头的这一句或许也需要用扬扬格取代抑

---

[10] 这三行诗中的第一行很轻松：抑扬格直接重复了五次。第二行，我让读者根据他们自身的偏好或愉悦来决定音步；"fierce fire"（烈火）当然需要扬扬格，但是该如何处理"bowels"（肚肠）呢？"bowels"在这里是一个音节还是两个音节？我对此有自己的理解；读者在选择如何处理这个问题的过程中能学到很多。

扬格。我说"或许",是指在这个例子中我们很难判断怎样读是正确的,怎样读是错误的。你可以如这一章开头所说的,为它划分出标准的抑扬格音步。或者,你也可以在这一行的开头划分出扬扬格音步,以便同时重读"bright"和"star":

Brīght stār! |woūld Í| wēre stéad| fāst ás| thōu art —   明亮的星!愿我如你一般坚定——

此外,有人在读"steadfast"这个词时可能偏向于不去轻读第二个音节,因而它的音步也能划分为扬扬格:

Brīght stār! |woūld Í| wēre stéad| fāst ās| thōu art —   明亮的星!愿我如你一般坚定——

又或者,有人可能真的感受到,在这非比寻常的一行中,任何轻读的音节都会引起个体的迷失和对整体的无限渴望[11],因而可以像下面这样划分音步:

Brīght stār! |woūld Ī| wēre stēad| fāst ās| thōu art —   明亮的星!愿我如你一般坚定——

我在前面已经解释过,抑扬格五音步诗行中的五音步为何在英语中使用最广泛——因为它的长度匹配我们的肺功能。诸如此类的"自然"原因使抑扬格音步也具有广泛的适用性。在任何一串英语单词中,它是最重要的,因而也是最

---

11 显而易见,对规范形式做出的任何改变都会干扰其余的诗行。——这样就清楚了,轻读"thou"是笨拙的,这个音步本身至少需要一个扬扬格,即使我没有选择将整行诗划分为扬扬格。

流畅、最难以预见的韵律。天然具有抑扬格韵的短句在每一种创作中都值得注意。和它相比，其他的格律听起来都是"沉静的"——与那些令人兴奋的花式鼓点毫无二致。

下面是罗伯特·弗罗斯特的《补墙》（Mending Wall）中的一行：

Something| there is| that does|n't love| a wall, ……

有某种东西并不喜欢墙……

这一行诗的第一个音步与抑扬格音步相反——开始是一个重读音节，接着是一个轻读音节。这被称为扬抑格（trochee）。这是一个精彩的、有力的开头。[12] 在诗行中的任何地方都可以运用它，以取代抑扬格音步。或者，它可以是普遍的诗行，就像莎士比亚的《麦克白》（Macbeth）中我们所熟悉的这一段：

Double, double toil and trouble;
Fire, burn; and, cauldron, bubble.

不停辛劳不停烦，
釜中沸沫已成粥。[13]

另外一个能取代抑扬格或扬抑格，或许也能作为普遍形

12　你可能已注意到前面引用的诗节开头的扬抑格音步，并且对此感到好奇。有一个扬抑格出现在我引用的布莱克的诗行中，另一个出现在我引用的济慈的诗行中。对比弗罗斯特使用抑扬格以及使用扬抑格或抑扬抑格作为开头的诗歌作品，会很有趣。当一首诗开始于叙事时，他往往使用抑扬格，当一首诗开始于对话时，他往往使用扬抑格或抑扬抑格（更正式、更安静的声音）。在这些诗歌中，第一个词经常是一个人名或者一个地名。参见《科阿斯的女巫》（The witch of coos）、《雇工之死》（Death of a Hired Man）、《一百条衬领》（A Hundred Collars）等。
13　此两句诗选自朱生豪译本。

45

式运用的格律，是扬抑抑格（dactyl）。"happiness"这个单词就是扬抑抑格——一个重音节跟随着两个轻音节。扬抑抑格来自一个希腊语词干，意思是手指——一根长手指跟随着两根短手指。

下面的诗节选自诗歌《伊凡吉琳》（*Evangeline*），是扬抑抑格的一个著名例子：

This is the |forest pri|meval. The| murmuring|
　pines and the| hemlocks,
Bearded with| moss, and in| garments| green,
　indis|tinct in the| twilight,
Stand like| Druids of| eld, with| voices| sad
　and pro|phetic,……

(Henry Wadsworth Longfellow, *Evangeline*)

这是太古的森林。沙沙作响的松树和铁杉，
长着胡须似的青苔，穿着绿色的长袍，星光下模糊难辨，
站立，如年长的祭司，讲述悲伤的预言……

亨利·沃兹沃斯·朗费罗《伊凡吉琳》

下面也是一个扬抑抑格韵的例子，这首诗中的形式并不是固定的，而是不断从一种音步变化到另一种音步，提升并强化了这首诗的音调和意义：

Let lov|ers go fresh| and sweet| to be| undone,
And the| heaviest| nuns walk| in a| pure| floating|
　Of dark| habits,
　　　　　Keeping their| difficult|
balance.

(Richard Wilbur, *Love Calls us to the Things of This World*)

让恋人们一如初见，爱意绵绵，
让最沉重的修女们行走，
黑色的道袍无拘飘荡，
维持他们艰难的平衡。

理查德·威尔伯，
《爱召唤我们归于尘世之物》

抑抑扬格（anapest）是扬抑抑格的反面，是两个轻音节跟随着一个重音节。它非常少见。在先前引述的诗行中你可以看到它，下面两行诗或许是你所熟悉的：

For the moon| ne ver beams| wi thout bring|ing me dreams
Of the beau|tiful Ann|abel Lee;

(Edger Allan Poe, *Annabel Lee*)

因为月光的倾斜总会让我梦见美丽的安娜贝尔·李；

埃德加·爱伦·坡，《安娜贝尔·李》

记住，所有这些格律都是节奏型的术语，这点很重要。他们可能是"纯粹的"，也可能有一些变化，是"不纯粹的"。摇篮曲的韵全都是"不纯粹的"抑抑扬格和扬抑抑格诗行——它们运用了格律形式，但是常常用单独一个重音节结束每行诗，例如：

"Hickory|dickory| dock.|The mouse| ran up| the clock."

滴答滴答咚。老鼠跳上钟。

再看看格律诗行的内部；有一种特别有效的手法能突破诗行固定的节拍，从而呈现——几乎可以说是宣告——一个重要的或启示性的时刻。它被称为节律的停顿（caesura）。它是诗行内部而且只存在于诗行内部的结构或逻辑性停顿，常常发生于——但不限于此——一个押韵的音步自身内部。

这种停顿并不计算在格律形式之中。

Forlorn!|↓the ver|y word| is like| a bell

绝望！世界像一个铃铛

在详细分析这首诗的论文中[14],阿契博德·麦克利什(Archibald MacLeish)指出,这首诗在此时——就在这一刻——转变了方向,发言者决定不再跟随这只神奇的鸟,而是返回尘世。

不同的诗人使用停顿的方式几乎成为他们风格的标志。在先前引用的艾米莉·狄金森的四行诗中,一种犹疑感,乃至幽闭恐惧症(如短句所表现出来的,她的屏息,她的焦虑)被逗号短暂而确定的紧握加强了,逗号在刹那间抑制了每一行诗的最后部分,在每个这样停顿的时刻,仿佛都需要第二次推动。

不仅在情感聚集的地方停顿是有用的,在下面这类设置了对话腔调的诗句中,停顿也有帮助。比如《西流的小河》(West-Running Brook)一诗的开头:

"Fred, where is north?"
 "North? North is
There, my love.
The brook runs west……"

"弗雷德,哪边是北方?"
"北方?北方在
那边,亲爱的。
这条河流向西方……"

有一个未被计算在内的音节。它是押韵的双音节词的最后一个轻读音节。西奥多·罗特克的诗《我爸爸的华尔兹》(My Papa's Waltz)中的诗句可以作为例子,第二行最后的音

---

14 阿契博德·麦克利什:《诗与经验》。波士顿:霍顿·米夫林公司,1960,第173-199页。(Archibald Macleish, *Poetry and Experience*. Boston:Houghton Mifflin,1960, pp.173-199.)

步有一个额外的轻读音节，第四行又有一个这样的轻读音节，分别是"dizzy"和"easy"的第二个音节，这两个词本身是押韵的。最后的音步中那个额外的轻读音节通常被称为标记（tag），不计入格律。

尾韵问题更适合放在下一节进行讨论。

诗行的开头和结尾

诗行最重要的是结尾。其次是开头。

以抑扬格开头的诗要多于以其他形式开头的诗。这种形式是轻松的、邀请式的——也是自然的。罗伯特·弗罗斯特在进行了个人点评之后，会直接开始读一首诗，这种抑扬格诗行如此自然，有时很难分辨他的谈话在何处结束，诗歌从何处开始。

当一首诗以一个重读音节开头时（包括格律诗中的扬扬格、扬抑格，或者扬抑抑格等），它立刻向读者示意，有些戏剧化的事，一些不同于日常语言的事发生了。

我们都知道尾韵是什么。

When the stars threw down their spears
And water'd heaven with their tears,
Did He smile His work to see?
Did He who made the lamb make thee?
(William Blake, *The Tyger*)

当星星投下它们的矛，
用它们的眼泪浸湿天空。
他是否微笑着欣赏他的作品？
创造了羊羔的他，也创造了你？
威廉·布莱克，《虎》

这一节中有两三行诗的结尾具有相似的声音，这种相似性创造了凝聚力、秩序感，并且带来了快感。一目了然的押韵是为了引起关注，产生快感。事实上，押韵的诗歌常常是轻快的。[15]

"spears"和"tears"这两个词的韵被称为真韵（true rhyme）。这种韵也是一种阳韵（masculine rhyme）：词语在唯一一个重读音节上押韵。

有些押韵的词所押的不是真韵（例如"pot"和"hot"就是真韵），只是近似于押韵（例如前面所引的艾米莉·狄金森诗歌中的"down"和"noon"），它被称为尾韵（off-rhyme）或斜韵（slant rhyme）。而阴韵（feminine rhyme）常常用于有多个音节，以轻读音节结尾的词中，如"buckle"和"knuckle"。前面所引的罗特克的第二行和第四行的韵就是斜韵和阴韵。

阴韵的结尾倾向于模糊尾韵。斜韵也是如此。以阳韵和真韵结尾是直接的。以哑音结尾的词所押的阳韵和真韵，是所有韵中最明显的——它们砰地关上了门。弗罗斯特的诗《雪夜，停驻林边》的最后一节即是如此。

诗行的重复或者叠句的运用，带来了一种享受，激发了反复发生的事件——即节奏——所包含的古老的愉悦感。

在重复或重叠之后，读者获得了形式的线索，预知到下一行明显不同，就会竖起耳朵，以不同寻常的注意力去倾听。

---

15 也并非总是如此。你不可能比布莱克更严肃。

分行

每一行的结尾总是——不可避免地——存在一种简短的停顿。这种停顿是诗歌运动的一部分,如同犹疑是舞蹈的一部分。如上所示,因这种停顿,创作格律诗的诗人能做好几件事。此外,除了考虑诗行的长度和格律要求之外,诗人还要决定在句子的何处分行。

非格律诗的作者也必须处理诗行结尾的停顿,可以从几种不同的方法中进行选择。即是说,作者可以选择性地创造诗行的自我结束。一句自我结束的诗行可以是一个完整的句子,也可以是一个在语法和逻辑上完整的短句,哪怕它只是一个句子的一部分。在这样的情况下——例如,在埃兹拉·庞德(Ezra Pound)的诗《致敬》(*Salutation*)中——停顿作为消极的一刻起作用,读者受到邀请去权衡诗行传递的信息和快感。

另一方面,当诗人连续跨行(enjambs)时——分行是为了让一个逻辑短语插进来——由于两个原因反而会加速诗行:对短语缺失部分的好奇会促使读者加速,或者因为停顿带来的障碍促使读者要加速两倍以超越它。相比于没有沟壑的阅读,我们会用更大的力量跳过沟壑。

在自由诗中,分行不仅与每一次分行时必须做出的决定有关(既然诗歌没有任何强加的秩序),而且也与诗歌在纸页上的视觉呈现有关。自由诗开始流行时,书的传播也更为广泛,用眼睛阅读诗歌和沉默地倾听它们的活动相比于口头传播诗歌的传统,占据了明显优势。于是,书页上的形式,成为阅读速度的指示器,诗歌的平衡和形态与诗句分行的方式紧密相连,这种分行从开头到结尾支撑着一首诗,有可能

Salutation

O generation of the thoroughly smug
    and thoroughly uncomfortable,
I have seen fishermen picnicking in the sun,
I have seen them with untidy families,
I have seen their smiles full of teeth
    and heard ungainly laughter.
And I am happier than you are,
And they were happier than I am;
And the fish swim in the lake
    and do not even own clothing.

— Ezra Pound

致敬

哦,自以为是,
极不安分的一代,
我见过渔夫们在太阳下野餐,
我见过他们衣衫褴褛的家人,
我见过他们露齿而笑,
听过他们不雅的笑声。
我比你快乐,
而他们又比我快乐;
鱼在湖水中游动
哪怕身无片缕。

——埃兹拉·庞德

保留了也有可能丧失了必需的情感成分。有规律的格律诗行帮助听众记住一首诗；而视觉诗歌更多样的分行方式帮助精神去"倾听"一首诗。

结论

没有两首诗听上去完全相似，哪怕它们都是用抑扬格四音步韵的对句创作的。每首诗都有一种基本的韵律以及破坏这种韵律的、连续的偏离。不能迅速提供变化的诗歌是乏味的，在这种情况下，词语的天赋——他们敏锐而绝对的清醒——被淹没在过于规范的节奏中，诗歌，没能成为音乐，反而成为单调的、易被遗忘的自言自语。

另一方面，诗歌必须可靠。我已经说了很多遍，诗行长度和分行的技巧是强有力的。你不能毫无目的地摇动诗行，抛出强有力的词，或者布置柔软的词。开始阅读一首诗的读者就像步上了一条由陌生人划桨的小船；对伸进深水的长桨最初所进行的描述传递了许多信息——你是平安的亦或很快就会淹死。一首诗是一段真正的旅程。它们可以感知到的、可靠的节奏会对读者做出邀请或者阻止。一种有意义的节奏会邀请我们。一种无意义的节奏会阻止我们。

8　一些既定的形式　　Some Given Forms

　　一首诗需要构思——一种秩序感。诗歌带给我们的愉悦之一即在于它是被精心构思的事物——语言在其被使用的过程中具有了权威性，变得美好，从而带来了愉悦感。即使这首诗描述了持续不断的混乱，它也是词、短句和格式的结合体，这些词、短句和格式被思考、衡量和挑选过。这首诗哪怕是天才的构思，它也要依赖被度量过的人造竖琴弦才能被演奏出来。

　　在选定的形式中，前面章节中谈论的所有问题都很重要——韵、格律、诗行的长度，以及不同字母的发音。其他问题也很重要，包括诗歌的总长度，它的音调（是庄严的还是漫不经心的），所用意象[16]的限度、主题等等。每首诗的形式包含那么多元素，形式也许会被重复使用，但这不会

16　意象将放在下一章讨论。

使一首诗大致相似于另一首诗，无论何时何地，没有两首诗是真正相似的。

下面我们简单介绍格律诗歌所使用的一些形式。

长度、宽度和韵

韵律形式包括简单押韵的对句（couplets，第一行与第二行押韵，第三行与第四行押韵，等等），三行诗节押韵法（terza trima）以及斯宾塞体（Spenserian stanza）等所有的形式。

下面是一些韵律形式[17]：

对句	aa bb cc dd，等等
三行诗或三联句	aaa bbb ccc ddd，等等
四行诗	abab cdcd，等等
三行诗节	aba bcb cdc ded，等等
斯宾塞体	abab bcbc c [18]

---

17 还有其他的形式和韵式，感兴趣的读者很容易就可以查到。
18 在斯宾塞体的诗节中，第一个八行诗总是抑扬格五音步；最后一行总是亚历山大体（六音步诗行）。当然，在大多数韵律形式中，诗人也许会选择八行。例如，诗人也许选择五音步对句，或者四音步四行诗，或者创造一种"新"的韵式——请留意一下《雪夜，停驻林边》的韵律形式。

十四行诗（sonnet）是有十四行的诗；按照传统，它运用抑扬格五音步诗行，当然诗人们也创作过四音步十四行诗，或者用其他方法改变纯粹的形式。

意大利十四行诗（Italian sonnet）运用了下面的韵律法则：

abba abba cdd cee
（cde 的其他变形也是允许的）

第一个八行（八行诗，the octave）设置了一种陈述或者前提；接下去的六行（六行诗，the sestet）对它进行回应。

英语十四行诗（English sonnet）或莎士比亚十四行诗（Shakesperean sonnet）稍微松弛一些。它的韵律规则是这样的：

abab cdcd efef gg

英语的十四行诗分成三个四行诗，加最后一个对句。

以无尾韵的抑扬格五音步创作的诗歌被称为素体诗（blank verse）。素体诗的作品数不胜数；包括《哈姆雷特》（Hamlet）、《浮士德博士》（Doctor Faustus）、《失乐园》、《亥伯龙》（Hyperion）、《序曲》、《丁登寺赋》（Tinturn Abbey）、《第二次降临》（The Second Coming）、《一个雇佣兵之死》（Death of a Hired Man），以及其他很多很多作品。

诗节

诗节（stanza）是这样一个术语，我们用它指一首诗中的一群诗句，这群诗句与另外一群诗句或诗节用额外的空行间隔开来。这个词来自拉丁文（stans，为 stare 的现在分词，意为站立），经过了意大利语的转换（stanza，意指一个房间或居所）。当这个术语指诗歌中的间隔时，它是清晰的，不需要更精准的定义。诗没有绝对正确或错误的分节法，当然，除非你遵守某种形式，而这种形式又包含了特别严格的诗节形式和分节形式。

说到诗节的时候，回忆一下散文中的段落，也许会有帮助，散文的段落表明一种想法结束，另一种想法开始了，是一种合乎情理的划分。我不是说诗人必须用这种方式或者只能用这种方式划分诗节，但是诗人也许会认为合乎情理的段落是一种规范（正如抑扬格五音步诗行是一种规范，依据诗行长度分节），从中可以探索最适合某首诗的特殊分段方法。那种分段法也许会根据诗中连续行动的自然停顿，或者以其他事物为基础进行分节。

可以肯定地说，一个诗节的中断将不可避免地带来一种可以感觉得到的犹疑或加速。用一个句子的结尾结束一节诗，强化了伴随一行诗或者一个完整的句子而来的自然停顿。让一个句子做一节诗的最后一行，同时连续成为下一节的第一行，则会加快节奏，带来令人惊奇的效果。此外，它能制造一种创造力（主体的力量，诗人的力量）凌驾于规整之上的感觉。

对一个既定形式所进行的任何变化都表明诗人希望读者在那一刻产生不同的感受。一种形式的优点之一在于它具备这样一种能力：可以通过破坏这种形式以"操纵"读者。

诗节是一种引导，指出了诗人希望读者感受并理解这首诗的方向，此外，每一节诗都是诗歌形式的一部分——是它的形式秩序的一部分。诗节是令人愉悦的，同时也是一种有价值的事物。

一首诗也许可以被分成不同的部分，可数或不可数，在一首诗中，分段法不必遵守任何形式规则。相反，无论这首诗的特殊要求带领诗人抵达于何处，它们都会跟随。在只有单独一段的诗歌中很难摆脱依附于持续叙述的两个普遍实体——我指的是时间和地点——哪怕摆脱这两个实体可以让诗歌的语境更尖锐、更深刻。通过分节法，诗人也许可以改变风景、叙述、创作的音调、诗行的长度——事实上，可以改变一切。这并不是说诗歌不需要聚焦或者时间上前后相继地展开，相反，诗人可以自由使用一种运转的复杂性去呈现素材——正如詹姆斯·赖特在《一个百货商店的收银台前》(Before a Cashier's Window in a Department Store)一诗中所写到的——不受更正式的诗歌形式和隐性边界的妨碍。

音节诗

在讨论了韵律和轻重音之后，我们要讨论另外一些不同的事物。在音节诗中，一种形式一旦被确定，就要被严格遵守，其中第一节诗每一行的音节数在后面的诗节中都会被准确重复。不同诗行中的词语是单音节词还是多音节词并无关系，重音落在每行诗的哪个地方也无关紧要。要紧的是每一节、每一行中的音节数必须被准确重复；形式因此而形成。

Before a Cashier's Window in a Department Store

一个百货商店的收银台前

1

The beautiful cashier's white face has risen
   once more
Behind a young manager's shoulder.
They whisper together,and stare
Straight into my face.
I feel like grabbing a stray child
Or a skinny old woman
And driving into a cellar, crouching
Under a stone bridge, praying myself sick,
Till the troops pass.

2

Why should he care? He goes.
I slump deeper.
In my frayed coat, I am pinned down
By debt. He nods,
Commending my flesh to the pity of the
   daws of God.

3

Am I dead? And, if not, why not?
For she sails there, alone, looming in the
   heaven of the beautiful.

1

漂亮的收银员雪白的脸庞
再一次扬起,
在一个年轻经理的肩膀后。
他们彼此低语,
直勾勾地盯着我的脸。
我仿佛抢劫了一个迷路的孩子,
或者一个瘦弱的老妇人,
然后钻进地下室,
蹲在石桥下,忏悔我的罪,
直到军队经过。

2

他为何要在意?他走了。
我更加消沉。
穿着磨旧的外套,我被债务
缠身。他点头,
将我的肉体交付
上帝的寒鸦垂怜。

3

我已死去?假如没有,为何没死?
因为她在那里航行,独自一人,
在美丽的天空若隐若现。

She knows

The bulldozers will scrape me up

After dark, behind

The officers' club.

Beneath her terrible blaze, my skeleton

Glitters out. I am the dark. I am the dark

Bone I was born to be.

4

Tu Fu woke shuddering on a battlefield

Once, in the dead of night, and made out

The mangled women, sorting

The haggard slant-eyes.

The moon was up.

5

I am hungry. In two more days

It will be spring. So this

Is what it feels like.

—— James Wright

	她知道
	推土机将铲走我，
	天黑之后，在
	军官俱乐部后面。
	在她可怕的火焰之下，我的骨架
	闪现。我是黑暗。我是黑色的
	骨头，注定如此。

4

杜甫曾在一个战场颤抖着

醒来，在夜晚的死者中，辨认出

被砍死的女人，区分

枯槁的斜眼。

月亮升起来了。

5

我很饿。再过两天

就是春天了。岁月

如棠。

—— 詹姆斯·赖特

因为音节数的严格限制,以及轻重音形式不可避免的多样性,音节诗创造了一种音乐,极有规律,同时又充满了迷人的复调。下面的例子引自玛丽安·摩尔的《鱼》:

The Fish

wade
through black jade.
    Of the crow-blue mussel-shells, one keeps
    adjusting the ash-heaps;
        opening and shutting itself like

an
injured fan.
    The barnacles which encrust the side
    of the wave, cannot hide
        there for the submerged shafts of the

sun,
split like spun
    glass, move themselves with spotlight swiftness
        into the crevices—

鱼

涉过
黑玉。
一只鸦蓝色的蚌,不断
适应着灰堆;
张开又合拢,像

一柄
受伤的扇子。
藤壶,镶嵌在
波浪边缘,无处
可藏。因为太阳的

光轴,
劈开水面,
如同玻璃纤维,光圈迅速
射入岩隙——

换言之,在每一节诗中:第一行有一个音节,第二行有三个音节,第三行有九个音节,第四行有六个音节,第五行有八个音节,这种形式在后面几节没有变化。

一种音节形式通过音节数的准确重复被再次确立起来。在《鱼》中,摩尔选择用锯齿状排列部分诗行,但不是所有的诗行都如此排列，她将诗歌的标题作为开头句的一部分，并选择了跨行连续的诗行，结尾放在另外一行，而且是押韵的。音节的规则使它成为音节诗，剩下的只是更多的构思——这种构思，包括多样性，包括从标题光滑地进入文本的策略，包括让诗行从通常是左对齐的僵硬格式中解脱出来，赋予这首诗一种轻快的行动剂，这是令人愉悦的。

最后补充一点：玛丽安·摩尔的诗《尖塔修理工》也是音节诗，它的核心是令人惊叹的、富有变化的诗节。创新总是隐隐盘旋在规则之上。

自由体诗

自由体诗绝没有排除形式的必要性，但是，由于不必遵守恒定的形式，人们可以用完全不同的方式去创作它。这个主题将在下面一章中花费很大篇幅来展开，包括对诗行的重复、句式的重复、轻重音形式、必然性、确立可被感知到的预期形式以及对那种预期的满足、跨行连续的重复等问题的探讨。

9　自由体诗　　Verse that is Free

式样

自由体诗这一名称本身暗示这种诗渴望摆脱格律的限制、计算音步的诗行，以及严格的押韵形式。这种诗还有其他的名称——"流动的"诗和"有机的"诗。每种名称都想解释这种诗究竟是什么，但都不怎么成功。第二、第三个名称比"自由体诗"这一名称更接近这种诗歌真实的样子，但"自由体诗"仍然是使用最广泛的术语。

自由体诗当然不是自由的。它摆脱了整齐的格律形式，但肯定没有祛除其他形式。诗歌语言是自然的，也是冲动的？是的。但这种语言同样是被构思的、被考量过的、合适的、有效的语言，即使你将它读了不下一百遍？是的。这两点，相对于自由体诗以及格律诗而言，都是真实的。

然而，没有人能准确地解释自由体诗的形式究竟是什么。一是因为诗与诗之间如此不同，二是因为这种诗刚刚产生不久。格律诗已经存在了几个世纪,在格律诗出现之前,诗歌就已经依赖于对头韵的严格要求或者轻重音的形式。然而,诗人们在20世纪初才开始创作自由体诗。自由体诗仍处于发展之中。创作规则尚未固定,或者,还处于雏形阶段。讨论自由体诗就像讨论冰山,它是一个大部分尚淹没于水下的、闪闪发光的物体。

自由体诗根据声音和诗行预设了一种前提或期望,在这首诗完成之前,就对这一前提做出了很好的回应。这就是这首诗的式样。它在对开头的回应中,达成了一种可以感觉到的完整性。

构成古老的格律诗前提的要素,也构成了自由体诗的前提——声调、诗行的长度以及韵律的式样,但是在自由体诗中,这些成分并不严格,也无格律。如同我们的口头语言那样,它们只是重点突出了重音。口头语言难道不是音乐性的吗?它们当然是,一些古老的技巧,例如克制和重复,也仍然是有效的。头韵以及谐元音和以前一样重要。

这些因素肯定是真实的:一首自由体诗在完成之后,必须让人"感到"像一首诗——它必须是一种有意识的、有效的在场。它不必划分音步,但假如诗人有此倾向的话,它也许会划分一点。它不必以确定的形式押韵,但假如诗人决定押一点韵,它也许就会押一点韵。它不必保持特定的诗节形式,当然它也可能会包含诗节。它不必跟随任何古老的规则,同样不必完全回避这些规则。

音调和内容

自由体诗或许是时代的产物。它可能产生于20世纪初的一些创作者，他们想改变诗歌的音调（tone）。它可能受到了美国日益兴起的民主和无阶级社会理念的影响。私人拥有图书量的增长可能改变了人们对普遍意义上的文学的看法，尤其是对诗歌的看法。当小镇和农场在西部不断增长，连同它们与传统的疏离和隔膜，使得将作者视为布道者或者受过教育的特殊阶层的观点，不合时宜了。现在，诗人被请下讲坛，被邀请至每个读者的家中。人们期待诗人更友好——更少"说教"。诗的内容开始改变。文雅的光辉以及主题是否合宜等诸如此类永恒的问题退为背景。新出现的声音仿佛想描写任何事物——无所不包的事物。带着这样的期许——对亲密，对"共同"经验的期许，一本正经创作出来的古老的格律诗，必定会受到嫌弃。一种新的——反应了作者和读者之间不断增强的亲密关系——音调必定会受到欢迎。

为了适应诗歌的音调变化，诗行必须改变。现在所需要的诗行，听起来不能像是正式的演说，必须像交谈。我们需要的是这样的诗句：它读起来如同是自发的，是真实的，就像我们在大街上的谈话，或者就像我们在小城的家中与朋友的交谈。

这样的诗行自然而然地与随意的谈话方式所具有的抑扬格和扬抑抑格——谈话中期望传达的情感——的联系更为紧密，而与格律诗中的韵法疏远了。我认为，这既是它的长处，也是它的短处。口头语言进入了诗歌。诗歌不再是布道，它是与朋友一起消磨的时光。它的音乐是交谈的音乐。

瓦尔特·惠特曼与《草叶集》

瓦尔特·惠特曼的《草叶集》(*Leaves of Grass*)最初出版于1855年，这个集子中几乎所有的诗歌都是由不能划分音步的、常常跨行的长诗行组成的[19]，他总是被称为第一个创作自由体诗的美国诗人。这就好像将一座高山称为山岗。这样的称谓没错，但它并不能传递给我们有价值的，或有趣的信息。既然自由体诗已经被发明出来了，惠特曼的作品——庞大的、独一无二的——现在完全被归类于自由体诗。但是，学习惠特曼的诗歌，也即是了解惠特曼的诗歌。这是天才之作。在某种意义上，他突破了传统，是一个美国似的神父、一个交谈者、一个背离传统者，他是所有那些跟随者的先锋人物。但他自己作品的效果——极长的诗行；重复，并列；丰富的形容词（在其他人的作品中可能意味着诗歌的死亡）——产生于极端的个人化风格。此外，他的音调——夸张的、雄辩的——恰好偏离了自由体诗在其理念和音调中着手想确立的事物。

---

19 《哦，船长！我的船长！》，这首诗是按照格律写成的，也是一首非常悲伤的诗。

From *Leaves of Grass*

I think I could turn, and live with animals,
    they are so placed and self-contain'd,
I stand and look at them long and long.

They do not sweat and whine about their
    condition,
They do not lie awake in the dark and weep
    for their sins,
They do not make me sick discussing their
    duty to God,
Not one is dissatisfied, not one is demented
    with the mania of owning things,
Not one kneels to another, nor to his kind that
    lived thousands of years ago,
Not one is respectable or unhappy over the
    whole earth.

—— Walt Whitman

选自《草叶集》

我想我能变形，与动物们一起生活，
它们如此平静，自足，
我站着，久久地，久久地注视它们。

它们不会抱怨，
哀叹它们的处境，
它们不会在黑暗中醒着，
为它们的罪恶而哭泣，
它们不会争论对上帝的责任，
令我厌烦，
没有谁贪得无厌，
汲汲于财富，
没有谁对着另一个，或者对着几千
年以前的同类跪下，
没有谁特别尊贵，或者忧愁，
在整个大地。

—— 瓦尔特·惠特曼

威廉·卡洛斯·威廉斯和《红色手推车》

假如有一首诗可以作为讨论自由体诗的"文本",那一定是威廉·卡洛斯·威廉斯的《红色手推车》(The Red Wheelbarrow)。这首八行的诗歌经受了无数的细读,但它仍拒绝交出它全部的秘密。它对我们说了很多很多。

在纸上,它以一种小心翼翼的视觉形式开始——一共四节,每节两行。每一节的第二行都是一个单独的词。没有标点符号。

这种式样意味着什么?没有标点符号意味着什么?也许,标点符号的缺失是为了表明这是一种全新的诗,必须用全新的方式去读它,必须从这个图像化的设计本身去寻找线索,主要是从诗行的断裂而非古老的逗号或破折号的形式去寻找线索。

它如此明显的简单性又意味着什么?也许,对这位作者而言,一首诗不是某种严肃的、预设的主题,而是对一种简单的"日常"主题——一个场景——的聚焦和关注,然后,通过艺术的升华,这个场景被提升至某个非凡的、可记忆的领域。

这首全是客体、没有理念或观点的短诗意味着什么?威廉斯说,"只要物,不要理念"。然后,理念从客体中涌出。这首诗不是一种讨论,不是一次演讲,而是一个实例——去关注、留意世界上的某种事物的实例。

这首诗如此简洁——只有八行,这意味着什么?或许那样强烈的聚焦无法延续很长时间，它必须中断、转移到另一个客体——另一种场景，另一个物群。或许威廉斯正在暗示我们，想象，在物的世界——客体的世界——中变得生动。或许，他正在说，这首变得发散的诗，需要意象，而意象总是包含着事物。

就这首诗的声调而言，很明显，这首诗精彩地运用了黑暗的、沉重的哑默。它们出现在一个又一个重要位置。正如弗罗斯特的《雪夜，停驻林边》一诗中的那种哑默。遗忘的那一刻，话语中出现了重音，并且允许重音落在由哑默构成的，或者包含着哑默的音节上——重音只能落在这些音节上。然后，读这首诗，重读那几个点——你就是用自然的发言方式在读这首诗。这即是说，哑默和重音的运用作为一种力量在起作用。句子，被这两种能量源加强，变得极为有力，不容置疑，难以被遗忘。

跨行连续——如我前面所提到的——使得这位创作者能控制或者激励这首诗的步伐。正如创作诗歌的其他所有手法一样，跨行连续这一手法拥有极大的灵活性；它能以多种方式被运用，能不同程度地对读者施加影响。一行诗也许是语法上完整的一个句子或者至少是一个逻辑单元。逻辑短语或者被完全打断，或者在一个明显可感知的点上被打断，让读者在诗行的结尾感到满足；接下去的一行也许继续传递着上一个句子所传递的信息。有时，这种信息只是简单地持续，有时它令人惊奇。《红色手推车》这首诗中有两节诗就运用了这样的方式，短语"一辆红色"和"因雨水而"各自发展为完整的句子"一辆红色/手推车"和"因雨水而/闪光"。这点很有趣。这是一个随着我们的阅读而形成的世界。它是一首在我们眼前发生的诗。

跨行可能是严肃的，分裂的，几乎是令人痛苦的。《红色手推车》中的跨行却不是这样的。它仍然是这首诗的主要运作机制，确立了诗歌的音调。在诗行结尾，变化着的满足和好奇状态是灵巧的、联结在一起的。它们使我们保持警惕。通过它们，这首诗一点点被拆开，就像从糖果上剥掉包装纸：一副小巧的、完美聚焦的图画——令人惊叹——完全从词语中被创造出来——令人惊叹——我们在诗歌的结尾如此清晰地看到了，它——令人惊叹——我们如此清晰地看到自己正看着它。最重要的是，它是这样一首诗：它不仅赞美了从浩瀚无边的世界中脱颖而出的迷人一刻，而且赞美了想象以及它光彩夺目的素材——语言——的灵巧与力量。

The Red Wheelbarrow

—William Carlos Williams

so much depends
upon

a red wheel
barrow

glazed with rain
water

beside the white
chickens

红色手推车

——威廉·卡洛斯·威廉斯

那么多东西
依赖

一辆红色
手推车

因雨水而
闪光

旁边一群白色
小鸡

10 措辞、语调、语态　Diction, Tone, Voice

"请留意你的语言!"你这样提醒某人,他刚才表达自己的观点时说了俚语或脏话。其实你想说的是:"请留意你的措辞!"措辞(diction)意味着对词语的选择。

除去主题、意象、诗歌的式样等其他要素之外,一篇文章的措辞所产生的整体效果被称之为语调。

语态(voice)这个术语,标志着诗歌的发言人身份,当然要除开诗歌中的直接对话部分。语态,或诗歌的发言者,经常被称之为人物形象(persona)。

当代诗

对一个诗人而言——对作家也同样如此——措辞包含了几种成分,包括词语的发音、准确性,及其内涵——可以说,通过词语的选择我们才创造了风格。

声音问题在前面的章节中讨论过。我想我们也不需要详述诗歌用词准确的必要性。这样我们可以直接讨论措辞的第三种成分：词语的内涵。

如我已指出的，美国诗歌所赖以发展的诗歌实体携带着一种形式感，一种与日常世界的差异。格律结构是其组成部分之一，刻意为之的形式则是其组成部分之二。

有些当代诗歌——虽然不是所有的当代诗歌——其使用的措辞貌似讲究：它总体的语调是自然而然的，带着友善的亲密感；语言与日常语言并无明显区别。你会发现它的词语既不做作，也不特别正式。他们努力让这首诗清晰、可理解。

你会发现这些诗歌的词语以一种非常简单的秩序排列——完全不同于你自己使用词语的排列方式。你会发现一种不繁琐、不带偏见、不扭捏、不夸张的风格。你会发现其中绝大部分诗歌是词语的集合，朴素、动人，以简单、合宜的秩序排列。

你和这样的诗歌之间所建立的关系可能是信任，乃至亲密。你感到这些诗歌也许就是为你而创作的。它们就像你从一个好朋友那里收到的信。

当然，这种亲密的语调并非偶然。它之所以出现是因为作者希望它出现。虽然这类诗歌绝不是当代诗人所创作的唯一一类诗歌，但它肯定是主要风格之一，是有争议的主要风格之一。在这类语言朴素的诗歌中，诗人用高超的技巧和深思熟虑的语速，从"教授"角色变成了我们的同胞、邻人和朋友。

在这样的诗歌后存在一个确定的人，一个完全可被了解的人。事实上，诗歌的部分价值理性仿佛精确地向我们传递了作者的信息——无论这些事实是否真实——有时甚至向读者传递了作者最私密的生活细节。

"i am accused of tending to the past..."

i am accused of tending to the past
as if I made it,
as if I sculpted it
with my own hands. i did not.
this past was waiting for me
when I came,
a monstrous unnamed baby,
and i with my mother's itch
took it to breast
and named it
History.
she is more human now,
learning language every day,
remembering faces, names and dates.
when she is strong enough to travel
on her own, beware, she will.

— Lucille Clifton

"我"被指责偏爱过去……*

'我'被指责偏爱过去,
仿佛是'我'创造了它,
仿佛是'我'用自己的手
雕刻了它。'我'没有。
过去正等着'我',
当'我'到来,
一个怪物似的无名婴儿,
'我'连同我母亲的渴望
将它抱到胸前,
将它命名为
历史。
此刻她更像人类,
每天学习语言,
记住脸、名字和日期。
当她长大,能出门
独自旅行时,请当心,她一定会。

*译者注:原文用了小写的"i",中文便加了引号。

我在此并不评判这样一种写作风格到底好或者不好，我只想说，这种风格存在着——它是我们时代存在的普遍风格之一。它是这样一类诗歌：初学写作者非常喜欢读，然后喜欢模仿它。

我认为，诗歌后面这个"可被了解的"人可能有两种结论。这也许正是诗人存在的意义：以前是一个相当神秘的、遥远的人物，现在作为一个普通的、"可被了解的"人，鼓励许多读者期待着有朝一日他们自己也能创作诗歌。这个新的诗人概念是有吸引力的，我们的时代精神归根到底是参与式的。

我也怀疑这一诗人"版本"的适用性——诗歌作为一种坦率的、具有启示性的文字记录，并非一种时尚的激励，不是要鼓动人们大声说出他们的私生活和社会生活，去进行自我坦白。我这里要提到的例子包括女作家、非裔美国作家以及美国本土作家，他们的作品经常激昂地、强有力地展示性别或伦理观念。我并不认为这就是这类作品的全部意义；文学领域里的任何创新本来就必须从社会领域的星星之火中取得火源。但这是一个有趣的、甚至惊人的事实：当这些观点强烈地渴望发声时，正好有一种诗歌风格——就其技巧和语气而言——适合这一目的，它如此朴素，简洁，我相信它能激励一些从未尝试过创作更正式的诗歌的人们。

这类当代诗歌已然成型，有些诗人又用特别的方式在重新塑造它。这类诗歌中最优秀的作品从特定的、地域性的、私人化的诗歌中涌现出来，如同所有成功的诗歌那样，成为了"寓言"，最终反映了我们自己的生活，以及它们的创作者的生活。此外，这类诗歌中的很多作品虽然是通俗的，它们仍然"发挥了作用"；他们摆脱了个别性，成为普遍性的例证；他们闪耀着确定的、普遍的意义。形式、语调、激情也都发挥了很好的作用。

"消极感受力"

消极感受力不是一个当代的概念，它是济慈提出的一个概念。他的观点，朴素又有分量，他认为诗人应该是一种消极的力量——只有坚持自己的消极性，或者保持某种空虚的状态，诗人才能用他对诗歌主题的理解、同情或者共鸣来充实自己。下面是他讨论这一观点的一段话（选自他写给兄弟的一封信）[20]：

"它令我震惊，一个有成就的、尤其是在文学领域有成就的人所应拥有的品质——莎士比亚具备很多这样的品质——正是消极感受力，它指的是一个人能置身于不确定、神秘、怀疑之中，并不急于去追寻事实和理性……"

他继续写道：

"例如，柯勒律治就会错失那种只有在神秘殿堂、在对片面知识的不满足中才能获得的美妙绝伦的真相。书中的求索让我们到此为止，然而对一个伟大的诗人而言，美的感受压倒了

---

[20] 海德·爱德华·罗林斯（Hyder Edward Rollins）编，《济慈书信选》第一册。剑桥：哈佛大学出版社，1958。第193页。

其他一切顾虑，甚至清除了所有的顾虑。"

济慈在别的地方写过，要"加入"正在他的窗台上啄食碎屑的麻雀的生活。"一个诗人是存在物中最无诗意的，"在另一封信中，他写道，"因为他没有身份——他持续不断地为了其他的身体——并充实了其他的身体——……"[21]济慈并没有被有生命和无生命事物的分类所干扰；他的朋友理查德·伍德豪斯记下了济慈的话，济慈说，他能"想象一个弹子球，也许从自己的圆满、光滑、流畅以及迅捷的转动中感受到了愉悦。"[22]

因而，现在，消极感受力这一概念成为问题的核心——诗歌"纯粹的"措辞，在任何年代都是一种载体，它承载了一种真实的、绝对必需的情感品质，然后将其从纸上传递给读者。没有它，诗歌就无法产生；对这个问题做出的回答，没有人比济慈的观点更有价值、更精彩；他的观点如同日出一样永不过时。

诗的类型

抒情诗

现在最流行的是相当简单的抒情诗。所谓简单，我指的

---

21 同上。写给理查德·伍德豪斯的信，1818年10月27日。
22 同上。理查德·伍德豪斯写给约翰·泰勒的信，大约在1818年10月。

Workday

— Linda Hogan

I go to work
though there are those who were missing today
from their homes.
I ride the bus
and I do not think of children without food
or how my sisters are chained to prison beds.

I go to the university
and out for lunch
and listen to the higher-ups
tell me all they have read
about Indians
and how to analyze this poem.
They know us
better than we know ourselves.

I ride the bus home
and sit behind the driver.
We talk about the weather
and not enough exercise.
I don't mention Victor Jara's mutilated hands
or men next door
in exile
or my own family's grief over the lost child.

工作日

琳达·霍根

我去工作,
虽然有些人正从他们的家中
消失。
我乘公交,
我没有想到挨饿的孩子们
以及我的姐妹们如何被铁链锁在监狱的床上。

我去大学,
外出就餐,
听上流社会的人
为我讲述他们读过的
印第安人的故事,
以及如何分析这首诗。
他们比我们
更了解我们自己。

我乘公交回家
坐在司机身后。
我们谈论天气
以及缺乏锻炼的问题。
我没有提起维克多·贾拉被切断的手
隔壁
被流放的男人,
以及我的家庭正为失去的孩子而悲伤。

When I get off the bus	我下车
I look back at the light in the windows	回望窗口的灯，
and the heads bent	低垂的头，
and how the women are all alone	女人们孤单地
in each seat	坐在
framed in the windows	靠窗的位置，
and the men are coming home,	而男人们正在回家，
then I see them walking on the Avenue,	我看见他们走在马路上，
the beautiful feet,	漂亮的脚，
the perfect legs	完美的腿，
even with their spider veins,	连接他们蛛网似的静脉，
the broken knees	折断的膝盖
with pins in them,	打上钢钉，
the thighs with their cravings,	充满渴望的大腿，
the pelvis	盆骨
and small back	以及柔软
with its soft down,	狭窄的背，
the shoulders which bend forward	肩膀向前弯，
and forward and forward	向前，向前，
to protect the heart from pain.	阻止心的疼痛。

是每一首只有六十行左右，有的更短。浏览任何一本流行诗集，你很快会发现，相比于极长或极短的诗歌而言，有许许多多这种类型和长度的诗正在诞生。

这一类抒情诗简洁、主题集中，通常只有单一的主题和中心，以及单一的语态，更倾向于使用简单自然而非复杂合成的音乐性。它就像某种简单盘绕的弹簧，等待着在几个有限的、清晰的短句中释放自己的能量。

叙事诗

叙事诗一般比抒情诗长，它的语调没有那种紧张缠绕的力。它是离散的，它会停顿于幽默的时刻，慢慢地展开描述。它确立了一种轻松的、具有可读性的步伐，帮助我们享受一系列事件。有时，我们在抒情诗中感到自己身处漩涡之中；然而，当我们倾听叙事诗时，我们是惬意的。我们受到吸引，时不时进入其中，我们能这样倾听数个小时。没有什么比得上我们对一个故事的爱——叙事是所有文学的核心。

惠蒂尔的《雪封》（Snowbound）是一首叙事诗。济慈的《圣·艾格尼丝前夜》（The Eve of St.Agnes），沃尔特·德·拉梅尔（Walter de la Mare）的《倾听者》（The Listener）以及罗伯特·潘·沃伦的《比利·波茨曲》（The Ballad of Billie Potts）都是叙事诗。

长诗

现在没有人写史诗了。但诗人们还会写长诗，写野心勃勃的诗，围绕一个核心理念，进行各种延伸，并且常常运用各种不同的语态。一般而言，这样的诗歌容纳了多种创作方法，与段落的主题以及作者的偏好相对应。我们这个世纪有些伟大的作品可以归于这一类：威廉姆的《帕特森》(*Paterson*)，麦克利什的《征服者》(*Conquistador*)，潘·沃伦的《奥杜邦：一种幻象》，哈特·克莱恩(Hart Crane)的《桥》(*The Bridge*)，T.S. 艾略特的《荒原》(*The Waste Land*)等等。

长诗不一定就是史诗。史诗要有一个庄严的主题、有机的整体、有序的行动以及一个或几个英雄人物。[23]《贝奥武甫》(*Beowulf*)是一首史诗，《伊利亚特》(*Iliad*)和《奥德赛》(*Odyssey*)也是。

散文诗

散文诗是最近才形成为传统的一种诗歌形式，因此很难给它下定义。你在书上看到的都是相当短的一篇——只有一段或两段，很少超过一页。它看上去像散文。有的有人物，有的没有。它常常是纯粹的描写，拥有我们在一首诗中所感受到的与世俗的或有序的时间相异的时间。它要求我们像阅读一首诗那样专注地阅读它并且欣赏其中的想象和实验手法。

散文诗是简洁的——也有可能只是因为它不同于诗歌——它似乎更倾向于不把叙事置于核心，而是把处境置

23　亚里士多德如此说。

于核心。它通过特别新颖和热情的书写，向读者呈现了一些什么，读者对散文诗"处境"的回应也变得新颖和热情。仅此而已。

散文诗最迷人之处在于，不用诗行的音乐性来创造语言作品。散文诗中发现的句法总是特别精致，融合了力量和优雅。事实上，散文诗的平淡常常是对英语朴素的力量和无限的细微之处所进行的一种真实展示。

对散文诗这种形式感兴趣的写作者可以先去读读波德莱尔与兰波。詹姆斯·赖特和罗伯特·勃莱在20世纪70年代，甚至更早的时候都发表有散文诗。现在，发表，或至少在创作散文诗的诗人有很多了，并且将越来越多。

不恰当的语言

每一首诗都是全新的创造，而创造力又常常美好地使用了最不可能被用到的工具，因此，确立绝对固定的规则，既是不可能的，也是不明智的。我们可以肯定的是：几乎在每一首诗歌中，都有某种合适或者不合适的创作手法。

诗化措辞

诗化措辞是丧失了全部新鲜感的语言，这种语言在很久以前就不可靠了，"锋芒消失了"。使用诗化措辞根本无法在想象中真正创造诗的世界，因为词语或意象失效了。它们是不再产生功效的词语或意象——它们只是参照点，告诉我们意指的是哪一种事物。它们是不在场的实物的替身。当我们听到它们时我们无法回应：我们只是完成了一个古老手势的惯性反应。没有什么比条件反射能更迅速地杀死一首诗——对诗而言，如果它要产生作用，就应该是用想象体验过的陈述，它引出现实而不是条件反射。

诗化措辞的语言是浪漫的，它的意象来自于自然世界。树林是"凉亭"；田野是"翠绿的地毯"；树也许是德鲁伊特或政治家；月光是一条河；鸟是合唱团；太阳是天空的眼睛；大海是海水的床，如此等等。它是一堆真正的破烂。陈旧，空洞，令人愉悦却毫无意义。请避免使用它。

陈词滥调

陈词滥调在诗歌中所起的作用，正如它在任何一种创作中所起的作用一样——总是恶劣的。请不要在诗中使用陈词滥调，除非，你正在写一首关于陈词滥调的诗。

倒装

倒装（inversion）——改变正常的语序——常常被视为一种很糟糕的做法。这当然不能一概而论。如果它是一种有价值的变化，我们会欣赏它。如果它毫无用处，只是突兀地产生，它看上去就是"反常的"，别扭的，我们希望词语回到正常的秩序——主语/谓语、主语/谓语的秩序。

糟糕的倒装主要发生在格律诗中，尤其发生在押韵的格律诗中，在这些诗中它立刻变得很突出，为什么改变句子——因为诗人要运用他唯一能想到的韵。

但是倒装也发生在自由体诗中。当我们用抑扬格音步取代扬抑格音步时，倒装的诗句总是更能吸引读者的注意力。

如果你不愿意某一行诗句受到特别的关注，如果你创作一个句子时不想明确地强调它，那么最好质问一下自己，为什么要使用倒装或打算去使用倒装。好的倒装句会很精彩。但好的倒装句很难创作出来。坏的倒装绝不精彩，却很容易创作出来。

信息化语言

创作诗歌时，有一种显然是不合适的语言。我称其为信息化语言。这种语言是你在写开罐器的使用说明书时所使用的语言。它是一种旨在干脆、精确的语言。它的词语是正确的。它们不打算布下双重的影子。这种语言是冷漠的。它不能突破功能性的领域。

恰当的语言

句式

合适的句式绝不会伤害任何人。正确的语法和有力的、优雅的句式赋予一首诗它本应拥有的气概。正如省略——试图暗示没有被说出，但诗人渴望去感受的"有分量的"事物——是一种无力的建构，悬垂短句[24]也是。没有动词的短句——不包含动作、不包含位置——更倾向于让一艘船沉掉而不是让它航行。

每个形容词和副词都值五分。每个动词则值五十分。

多样化与习惯

有效的创作会让它的构成成分包含变化。

有人曾经给我读一首诗，其中所有的名词、动词，甚至形容词都是成双的。每一个词都是。这种创作只是表明了一件事——一个尚未被意识到的坏习惯。研讨班真正的价值之一在于，有人也许会注意到你陈旧、单调和顽固的习惯，然后给你指出来。如果你没有意识到这是你为自己所做的或者借助于别人而完成的最重要的事情之一，那么请你三思。

简单或复杂

我时常听到学生抱怨，长者的建议总是大同小异——告诫他们要写得简单、新颖、清晰，与此同时，一些被当作范本使用的诗歌又总是被精心构建的、复杂的、有难度的诗。的确如此。原因如下：（1）初学创作者应该学会创作简单、新颖、清晰的诗歌；（2）初学写作者以后将不再是一个初学者，要创作更复杂的、精心建构的、有难度的作品。

24　悬垂短句指不修饰句中的任何成分、处于悬浮状态的短句。——译者注

谨慎的注释

最后，回到一个重要的问题：谨慎，我要用此结束这一章：语言是一种动荡的、有韧性的、生机勃勃的材料。在诗歌创作中，如果写得很好，发挥了预想的作用，就没有什么错误可言。这其实关涉所有的技术问题，也关涉到措辞、语调和语态。我们有重要的诗歌范本，有优秀作家的引导，有敏锐的感受。我们可以理解许多东西。毫无疑问，会有亟不可待的、精彩的理念正在某处酝酿；会有诸多惊奇即将到来。

11 意象　　Imagery

　　诗歌语言是包含着细节的语言。没有细节，诗歌也许仍然是睿智的，但肯定是无力而贫乏的。它是细致感性的语言，融合了意象。正是意象赋予一首诗冲击力、柔软性以及真实性。诗歌是"想象的花园，跳跃着真实的蟾蜍"，玛丽安·摩尔这样说。

　　这种语言是如何被创造出来的？"包含着细节"意味着什么？意象是什么？这种形象语言又是如何发挥作用的？

　　一般而言，意象（imagery）意味着用一种事物表达另一种事物。一个雕像是一种意象。当罗伯特·彭斯（Robert Burns）写道，"哦，我的爱像一朵红红的玫瑰，"玫瑰就是一个意象；彭斯正在使用意象。如果彭斯说，"我的爱美好、狂野、绝妙，你会喜欢她"，他使用的就是描述性语言，没有意象。即是说，在第二个句子中，没有描述被爱之人的意象。

　　形象语言（figurative language）是意象的另一个名称。当我们谈论形象语言时，指的是诗歌中有一个形象——一个意象，这个形象是对某种事物具体的、非文字性的、含义丰富的描述。这种"事物"有可能是一个人、一样东西，或者一种抽象之物。例如，有人将耐心描写为纪念碑上的一个形象——换言之，耐心是一种坚韧如石的品质。

当形象语言的特定手法意指一个隐喻或明喻、暗示或拟人化时，通常会使用这个术语。[25]当我们谈论"一个语言形象"时，我们就是在谈论一个形象语言的例子。

那样的形象也许是直截了当的，就像彭斯诗歌中的红玫瑰。或者像威廉·巴特勒·叶芝的诗歌《第二次降临》中最后一行的形象那样复杂：

> 是怎样狂暴的野兽，它的时间终于降临，
> 垂着头走向伯恒利等待投生？

此外，一首诗必须具备一种细节特征——足以让读者的步伐迈入诗歌想象的世界。我称其为诗歌的质地。这即是所谓"细节"产生之处。

25　这一章的后面部分会给出这些术语的定义。

诗歌的细节和结构

当你使用"这只苹果"（the apple）或"这只桃"（the peach）这一类词语时，你正在指向一种物。不是特殊的物，而是视觉的物。与这一类词相比，"水果"一词只是信息化的，读者可以理解，但从中不会产生特定的意象。

如果你去掉定冠词"the"，单独使用"苹果"或"桃"这两个词——你就偏离了特定的方向，走向了抽象。读者能将"这只苹果"或"一个苹果"视觉化，但"苹果"指的是任意一些或全部苹果——它不是一种事物。它是不可见的，它从想象的现实领域消失了。世界充满了感性的细节。诗歌需要这种感性的细节。

当你写道，"树上最后的苹果"，或者"粉红如黎明一般的小桃"，你就开始处理细节了——即培育质地。

此时适合读一读伊丽莎白·毕肖普的诗《鱼》（The Fish）。这首诗包含了隐喻和明喻，后面我们会讨论。这首诗也具备质地——诗人为读者提供了与鱼相关的丰富细节，这种质地对这首诗而言至关重要，对所有的诗歌而言都至关重要。它使这首诗成为一种体验之物，比单纯的陈述表达了更多的内涵。

The Fish

—Elizabeth Bishop

I caught a tremendous fish
and held him beside the boat
half out of water, with my hook
fast in a corner of his mouth.
He didn't fight.
He hadn't fought at all.
He hung a grunting weight,
battered and venerable
and homely. Here and there
his brown skin hung in strips
like ancient wallpaper,
and its pattern of darker brown
was like wallpaper:
shapes like full-blown roses
stained and lost through age.
He was speckled with barnacles,
fine rosettes of lime,
and infested
with tiny white sea-lice,
and underneath two or three
rags of green weed hung down.
While his gills were breathing in
the terrible oxygen
—the frightening gills,

鱼

——伊丽莎白·毕肖普

我钓到了一条极大的鱼，
将他拖到船边，
半露出水面，我的鱼钩
扎在他的嘴角。
他没有反抗，
他完全没有反抗。
他喘息着，挂在绳端，
疲惫，庄严，
模样普通。他棕色的皮
撕开了几条，
像古老的壁纸，
深棕色的图案
也像壁纸：
形如盛放的玫瑰，
被岁月磨蚀，玷污了。
他身上点缀着藤壶，
精致的石灰玫瑰花结，
寄生着
白色的小海虱，
还有两三根
绿色的水草。
他的鳃正在吸入
可怕的氧，
——惊恐的鱼鳃，

fresh and crisp with blood,
that can cut so badly—
I thought of the coarse white flesh
packed in like feathers,
the big bones and the little bones,
the dramatic reds and blacks
of his shiny entrails,
and the pink swim-bladder
like a big peony.
I looked into his eyes
which were far larger than mine
but shallower, and yellowed,
the irises backed and packed
with tarnished tinfoil
seen through the lenses
of old scratched isinglass.
They shifted a little, but not
to return my stare.
—It was more like the tipping
of an object toward the light.
I admired his sullen face,
the mechanism of his jaw,
and then I saw
that from his lower lip
—if you could call it a lip—
grim, wet, and weaponlike,
hung five old pieces of fish-line,

充血后变得新鲜，硬脆，
可以被狠狠地切开——
我想到了羽毛般堆积的
粗糙白肉，
大骨和小骨，
闪亮的内脏
激动人心的红与黑，
粉色的膀胱
像一朵巨大的牡丹。
我凝视着他的眼睛，
比我的更大，
颜色更浅，已经发黄，
透过被磨损的旧云母的
棱镜，可以看到
污秽锡箔
包裹着的虹膜。
它们转动了一下，但没有
回应我的注视。
——更像一种物体
对光的轻微抵触。
我欣赏他阴沉的脸，
他下巴的构造，
接着我看见了
他冷酷，潮湿，武器似的
下唇
——如果可以称其为嘴唇——
挂着五根鱼线，

or four and a wire leader	也可以说是四根，外加一根
with the swivel still attached,	仍然连着转轴的导线，
with all their five big hooks	五个大鱼钩
grown firmly in his mouth.	牢牢地长在他的嘴里。
A green line, frayed at the end	一根绿色的线，被咬断的线头
where he broke it, two heavier lines,	磨旧了，两条更重的线，
and a fine black thread	和一根精致的黑线，
still crimped from the strain and snap	线头弯曲，一定是他
when it broke and he got away	逃跑时用力拉扯所致。
Like medals with their ribbons	如同奖牌上的绶带，
frayed and wavering,	五根智慧的胡须，
a five-haired beard of wisdom	磨旧了，摇荡着，
trailing from his aching jaw.	拖曳在他疼痛的下巴。
I stared and stared	我看着，看着，
and victory filled up	胜利充满
the little rented boat,	这租来的小船舱。
from the pool of bilge	舱底的水池中，
where oil had spread a rainbow	机油扩散成一道彩虹，
around the rusted engine	环绕着生锈的引擎，
to the bailer rusted orange,	又延伸至生锈的橙色水勺，
the sun-cracked thwarts,	太阳晒裂的横板，
the oarlocks on their strings,	绳子上的桨架，
the gunnels–until everything	船舷——直到所有的事物
was rainbow, rainbow, rainbow!	都变成了彩虹，彩虹，彩虹！
And I let the fish go.	我放走了这条鱼。

在一首比《夜莺颂》要简单得多的诗歌中，济慈不是也记录了夜莺的歌以及他对它的思考？但我们没有感受到这首诗的质地——质地包括氛围、特别的细节，只有在这种氛围和细节中我们才能感受到济慈的邀请，与他一起坐在花园中，倾听田野上萦绕的歌声，它的美妙与悲哀，以及由此激发的一切。

我不知道在诗歌中还有哪个问题比质地更重要。质地的好坏取决于一些因素，取决于诗歌的步调，也取决于你有多能干。惠特曼，在单独一行诗中，就能将读者完全带入诗歌之中：

> 在尖峰似的农屋之上，在排水沟扇形的浮渣以及纤
> 细的幼苗之上……
> ——瓦尔特·惠特曼，《自我之歌》(Song of Myself，33 节)

或者：

> 阶梯，为定罪判刑的杀人犯而备，那面孔憔悴胳膊
> 被缚的杀人犯……
> ——瓦尔特·惠特曼，《阔斧之歌》(Song of the Broad Axe，10 节)

是的，它所需不多，但它需要一只确信的眼睛，一只能干的手，永恒地注视并写下这些细节。阅读斯坦利·库利兹 (Stanley Kunitz) 的诗《圆》(The Round) 时，我可以想象诗人正俯身靠近再靠近花丛，他不仅看见了光流过蜜蜂，而且看见了：

从尖尖的蓝色婆婆纳倾泻而下，
光流进小溪，
流过蜜蜂的背……

诗人不仅要创作诗歌，还必须热情细致地审视这个世界，审视他视之为主题的、世界的任何一部分。一首诗假如是贫乏的，很有可能是因为诗人在花丛中站得不够久——不能用新颖的、激动人心的、生动的方式去看它们，而非因为他对词语的掌握不够。

形象语言

诗歌的语言也是一种事物与另一种事物相比较的语言。

在形象语言中，一种平常之物与一种未知之物建立关联，作为破解未知之物的神秘性或者某些神秘性的关键。

在每一个运用形象语言的例子中，我们必须预先了解某些事物，才可以建立关联，将两种事物进行比较，让比较的特质产生效果。

一个意象常常是一个图画似的短语，描绘或捕捉到了已知事物的某些本质。在隐喻手法中，这种本质得到延伸，因而能触及未知事物。被选中的短语肯定是合适的——这即是说，我们相信，诗人选中了某些合适的短语——既能描绘已知的事物也能描绘未知的事物。已知事物的某种品质向未知事物的传递就像一束光；我们在已知事物的光中"看见"（即是说，我们领悟了）与未知相关的某种东西。

The Round

—Stanley Kunitz

Light splash this morning
on the shell-pink anemones
swaying on their tall stems;
down blue-spiked veronica
light flowed in rivulets
over the humps of the honeybees;
this morning I saw light kiss
the silk of the roses
in their second flowers.
my late bloomers
flushed with their brandy.
A curious gladness shook me.

圆

——斯坦利·库利兹

这个早晨光波洒在
粉色的银莲花上,
在他们高高的花茎上摇动;
从尖尖的蓝色婆婆纳倾泻而下,
光,流进小溪,
流过蜜蜂的背;
这个早晨我看见光亲吻
玫瑰的丝绸.
他们正在第二次绽放,
我迟开的花草
因它们的白兰地而醉红了脸。
一种奇异的兴奋使我站立不稳。

So I have shut the doors of my house,
So I have trudged downstairs to my cell,
So I am sitting in semi-dark
hunched over my desk
with nothing for a view
to tempt me
but a bloated compost heap,
steamy old stinkpile,
under my window;
and I pick my notebook up
and I start to read aloud
the still-wet words I scribbled
on the blotted page:
"Light splashed......."

I can scarcely wait till tomorrow
when a new life begins for me,
as it does each day.
as it does each day.

于是我关上门，
于是我爬下楼梯走进地窖，
于是我在昏暗中
伏在桌上，
没有什么景象
诱惑我，
只有一堆蓬松的化肥，
散发着陈旧的臭味
在我窗下；
我拿起笔记本，
开始大声朗读
我在污迹斑斑的纸上
潦草写下的，仍然潮湿的句子；
"光泼洒……"

我几乎等不到明天，
一种新生活为我开启，
和每天一样，
和每天一样。

爱像心中燃烧的城

——埃德娜·圣·文森特·米莱,《重要的访谈》XXVI

(Fatal Interview, XXVI)

哦,挣脱了,就像鲑鱼,
跳起,又落下

——罗伯特·洛威尔,《周日的早晨很早醒来》

(Waking Early Sunday Morning)

此外,那种意象也可以将一种已知之物与另一种已知之物联系起来,以便我们更敏锐、更深刻地"看到"(身体意义上的看)某种东西。

天空中的云低垂,蓬松,
就像忽闪的眼前飘荡的几缕刘海。

——罗伯特·弗罗斯特,《曾临太平洋》

(Once by the Pacific)

明喻

建构明喻(simile)要使用"像"(like)、"如同"(as)这样的词。因此上面所举的三个例子都是明喻。一种事物"像"另一种事物,一种事物做某件事"如同"另一种事物做同样的事。明喻是一种明确的、被陈述出来的比较。

……孩子的哭声响起好像一片刀刃。

——唐纳德·霍尔,《十二季》(Twelve Seasons)

我孤独地漫步像一片云

——威廉·华兹华斯,《我孤独地漫步》(I Wandered Lonely)

当墓穴中新铸的黄金微笑像守夜人的女儿……

——瓦尔特·惠特曼,《职业之歌》(A Song for Occupations, #6)

隐喻

隐喻(Metaphor)是一种含蓄而非明确的比较。它的结构中没有使用"好像""如同"这样的词语。被比较的两种事物常常差别很大,两者之间的联系令人惊讶、愉快,也能带来启示。唐纳德·霍尔说,"新的隐喻是一个奇迹,就像创造生命。"[26]

小男孩们仍然躺着,醒着,
惊奇,惊奇,
精致的小骨灰盒。

——詹姆斯·赖特,《军事经济的衰退》
(The Undermining of the Defense Economy)

---

26 《诗的愉悦》(The Pleasures of Poetry),纽约:哈珀罗出版社,1971年,第23页。

她在愉悦的思绪中保持平衡,

一只鹡鸰,快乐地,在风中摆动尾羽,

她的歌声使幼小的枝条微颤。

——西奥多·罗特克,《献给简的挽歌》

(Elegy for Jane)

假如对两种事物所进行的一般意义上的比较在整首诗中被重复,被延伸,还附带着重复的意象,就被称为扩展隐喻(extended metaphor)。假如这种比较非比寻常,或者稀奇古怪,它就被称为奇想(conceit)。

拟人化

拟人化(personification)这一术语,指的是一种无生命物或者抽象事物被赋予了一种身体特征或者内在的生命特征。詹姆斯·赖特的诗句——"我低下头,听见大海在远处/洗它的手"——就包含了拟人化。[27]

前面所引的艾米莉·狄金森的诗节最后两句——"这不是夜晚,因为所有的铃铛/伸出它们的舌头,为正午"——是另一个拟人化的例子。

这里还有一个例子:

---

27 选自《迟缓的潮汐》(At the Slackening of tide.)。

黄色的雾在窗格上擦它的背，
黄色的烟在窗格上擦它的口络，
它的舌头舔着黄昏的角落，
盘旋在排水沟的水坑；
从烟囱掉下的灰落在它的背上，
它滑过阳台，纵身一跃，
看到这个温柔的十月之夜，
萦绕着房子，睡去了。

——T.S.艾略特（T.S.Eliot），《普鲁弗洛克的情歌》
(The Love Song of J.Alfred Prufrocke)

拟人化是一种生动、愉悦的手法。困难在于如何用好它。你所描述的抽象的，或无生命的客体必定有某种意义——请留意：雾的移动如何保持水平，移动的步伐如何不断变化——一切都是雾似的。虽然让每一次移动保持精确是不可能的，然而，我们可以用某种狂野的、神奇的方式去想象它，而且是带着愉悦去想象它。仅仅让树产生波浪，或者让波浪舞蹈是不够的。与其使用糟糕的，或者愚蠢的拟人化手法，不如不用。

典故

一个典故（allusion）涉及的事物，完全属于一个超越了诗的特定领域的世界。典故常常来自一个历史或文化语境，但并不是必需的。使用它是为了深化诗中某种事物的定义或者拓展其品质。例如：提及威廉·布莱克的《向日葵》(The

Sunflower)一诗，或者梵高的向日葵画，将深化并拓展对一片田野里生长的任何一棵向日葵的认知。通过典故，文学和艺术的价值与偶然生长的花联系起来；通过典故，文学和艺术将自己内在的、有价值的光投射在它之上。

一般意象

我们依靠五官感受我们周围的物质世界。依靠想象和理解力，我们回忆、整理、确立概念、沉思。我们所沉思的内容，绝不是无形的，或者全是异域的情感——它充满了我们所遭遇的真正世俗之物，以及我们对这些事物的回应。沉思的使命在于将无序变成有序。假如没有在事物中活过，就没有人能思考。假如没有最初丰富的知觉经验，也就没有思考的必要性。

既然我们生活在同一个世界，我们每个人被赋予了五种相同的感官，我们每个人经过了从森林和丛林进化而来的相同路径，那么，我们都分享了一份宇宙的知觉基金。这份共同的基金包含个人经验和每个生命时段所可能发生的事件；它们触及了群体生活、社会生活、精神生活。在这份基金内部，知觉如此古老，充满戏剧性，数世纪以来它们经常被神话化。它们与我们无情地绑定在一起，带着确定可靠的回应。

我要提及的是这样一些原型概念：母亲似的大海，象征希望和健康的太阳，复苏般的春天的回归，象征精神的鸟，象征勇气的狮子，象征无常之美的玫瑰——这些概念，一方面联系着自然世界的一些客体或行动，另一方面，联系着我们与生俱来的对自然世界全部的回应。

现在，有些诗人生活在城市，或者郊区，自然界与我们的日常生活相距遥远。大多数人实际上生活在城市，绝大多数读者与自然界不一定亲密。而自然界总是象征意象的巨大仓库。诗歌作为古老的艺术之一，如同所有的艺术一样，都起源于地球遥远的荒野。它也开始于看、触、听、嗅、尝的过程，然后记住——我指的是用词语记住——这些感知经验像什么，并试图去描述我们内心无尽又无形的恐惧和渴望。诗人运用实际的、已知的事件或经验去阐述内在的、无形的经验——或者，换言之，诗人运用形象语言，依赖于与自然世界相关的形象。

当然，也能从工业世界捡拾意象——例如，布莱克"阴暗邪恶的磨坊"（dark Satanic Mills）[28]与自然世界有关系吗？城市可以是也曾经是稳固的诗性描述和意象的来源。但自然界是古老的河流，流过万物，我认为诗人应永远地停留在岸边钓鱼。

此外，假如没有对自然界的亲密感，我们世界的文学就无法被阅读——也无法被感受和理解，这是显而易见的。没有对自然过程的感觉经验，读者就会被我们这个世界的诗歌拒之门外。叶芝"狂暴的野兽"或者彭斯"红红的玫瑰"对那样的读者有何意义？罗密欧惊人的叫喊：

"这是东方，朱丽叶是太阳！——"

对于那些对每个清晨从黑暗中升起的、耀眼的光毫无亲

---

[28] 选自《那些远古的脚步》（And Did Those Feet In Ancient Time）。

密感的读者有何意义？

　　文学不只是词语，也不只是理念。它是形式的建构，映射出全部的生命，记录并质疑这种生命。诗歌的力量既来自精神的审视也来自形象语言——这个世界的淤泥和叶子。假如没有淤泥和叶子——鱼、玫瑰和蜂蜜——诗歌就会像自言自语一样乏味单调。假如没有形象语言，我们就不可能有文学。因此它被称之为文学的实体。

一些忠告

　　使用意象无规则可言。它肯定会使诗歌更生动更深刻。它是愉悦的源泉。它使诗歌变得更有意义——使诗歌不只是一种经验。它是强有力的材料。

　　一个人运用多少意象是一个品味问题。然而，作者必须明智地记住，它能创造多少情感的激动。在前行的过程中，这首诗会暂停，制造意象的"摇晃"，也许就像一场奇幻旅程结束了：读者一直蹒跚而行，一直在笑——并非被鞭策着前行——但未能抵达某个地方。在过多意象的电流之下，或许会迷失旅程的目的——丧失抵达的感觉。

　　还有一个问题是意象的合适与否。这也是一个品味问题。诗歌是一份严肃的事业；文学是仪器，运用这种仪器，世界试图完好无缺地保存它的重要理念和情感。它有时是愉快的，有趣的，但它不应该是轻浮的，令人讨厌的。如果你不确定你的意象是否合适，请不要使用它。不合适的、过分的、任性妄为的意象会令人反感。

　　形象语言能赋予困难和痛苦以形式。它能让不可见的、

"不可感的"事物变得可见、可感。正是意象而非其他事物让我们摆脱自己的存在，让我们设身处地，换位思考。它能使诗的主题——无论这种主题是什么——变得像嘴里的蜂蜜一样亲密，或者变成灰烬。请慎重使用它。

12　修订　Revision

　　你最初写在纸上的句子,无论容易还是困难,都不可能真正成为一首完整的诗。假如你没有经过任何努力就创作了出来,也许更好一些;假如你依靠长时间的辛苦工作完成了它,也无须在意。重要的是,你应该理解它是一首未完成的作品,现在你必须尽可能仔细、耐心地评判它。

　　修改的困难之一是将你自己与诗歌的起源——你自己与它的私人联系——尽可能分离。没有这种分离,写作者很难判断,创造出的作品是否包含了它所需要的全部信息——细节,终究只在你自己的头脑中保持着生动。另一方面,因为这种所有权的感觉,这首诗经常承担了大量"真实"而又无用的细节。

　　诗歌开始于经验,但诗歌事实上不是经验,甚至也不一定是对经验的准确记录。它们是想象的构成,它们并不是为了向我们描述诗人或者诗人的实际经验——它们是为了作为诗歌而存在。约翰·契佛在他的日记中说,"我撒谎,为了讲述一个更有意义的真理"。诗歌,也追求"一个更有意义的真理"。忠实于实际经验——无论激发一首诗的究竟是什么——并不一定有帮助；它常常是一种阻碍。

我倾向于认为，我是在为一个几百年之后才出生的、某个遥远国度的陌生人写诗。这是一个有用的概念，尤其是在修订的过程中。它极有说服力，提醒我只将必要的一切写在纸上。我必须创造一首完整的诗——一首可以畅游其间的、河流一般的诗，一首可以攀登的、高山似的诗。如果它被完成了，它并非属于我，而是一首深深呼吸着的、跳跃着的、自足的诗。这就好比一个旅行者前往一片不确定的土地时，他只能携带让他生存下去的一切事物——额外的负重都必须被抛弃。

一个忠告：有些诗歌堆砌了有趣的、美丽的诗行——隐喻叠加隐喻——细节连着细节。这些诗歌以这样或那样的方式滑行，但它们从不表达什么，它们只是重复了两三次。显然，它们是非常聪明的诗。然而，在那样的诗歌中，步调被遗忘了——开头和结尾之间的能量、流动感、运动和完整性都被遗忘了。最后，它耀眼的光芒所携带的沉重分量拖垮了它。在口袋中保留一点隐喻的光芒，让诗歌不受过分的干扰继续向前流动，这样更明智。因此删减是修订的重要部分。

其实，修订几乎是一项没有止境的工作。但它有无限的魅力，尤其是在创作初期，这是一个我们可以从中学习的过程。

在我自己的创作中，我常常将一首诗修订40或50稿，直到我对它感到满意。其他诗人修改的次数也许更多。有时，几乎完美的诗句降临你，如同睡眠中做梦一样容易，那是一种幸运，一种恩赐。但更多时候是：努力，努力，再努力，这是创作诗歌的途径。

你最好记住：这个世上有那么多美好、精致的诗歌——我的意思是，记住美诞生于创作和修改，这对我们会有帮助。

你最好也记住，有时候，最好的办法是删除一首诗。有些作品无法修改。

13　研讨班与孤独　　Workshops and Solitude

指导、讨论、建议

一个研讨班有许多重要的途径可以帮助写作者。让我们探讨一下有哪些可能的途径。

首先，研讨班能以一种有组织的方式保证参与者掌握诗歌创作所必需的语言。没有这种语言，就很难进行有价值的讨论，或者进行得很缓慢——研讨班的成员无法轻松地、专业地谈论诗歌，他们也无法阅读和理解与诗学有关的书和文章。假如他们想在创作领域继续前进，他们就必须掌握这种语言。

其次，研讨班的成员可以使用日常语言进行讨论，彼此节省大量时间。我的意思是，可以节省好几年的时间！他们聚在一起，支持对方的努力，相互鼓励，当然，不是鼓励糟糕的创作。提升创作这一普遍目标赋予每个人一种义务：指出所讨论的作品中他们认为有效和无效的内容。

肯定会有意见分歧。研讨班的重点不是解决争端，而是尽可能详细、客观地审视每一个案例——依靠技术而非趣味去讨论整首诗或者某些段落——然后指出，为什么有的内容有效，有的内容无效，有人认为它可爱至极，或可怕至极。

研讨班的主题不是审美，而是参与者的写作技巧。

每个人使用一种可以理解的语言，大家一起细读作品，参与者能大量了解他们的普遍倾向和专业写作技巧——一个勤奋的作家，花费同样多的时间在研讨班上比独自创作学到的东西会更多。

当然，在让某个人取得进步或发生变化之前，重要的是了解其作品。

研讨班可以做两件非常有效而实用的事情。

如我在本书开头所指出的：初学写作者没有理由不从模仿写作或练习中获益。在模仿或练习过程中，写作者旨在有意识地、有针对性地探索一种专门的技巧，如其所是地去感受它，这时候，没有沉重的使命感，并非一定要创作一首真正的诗歌。在我教过的每个班级中，两三个练习周都产生了真正的收益，那样的创作成果常常是贫乏、笨拙的，但那种创作也是值得期待的，因为它是按照要求创作的。在纸上乱糟糟地写点东西原本就是无害的。关键是学生们通过针对性练习能摆脱他们已有的、顽固的习惯。他们明白了，自己无需遵循自己的创作惯性——还可以尝试其他的方法——还有无数的创作方法。

这样既有趣，也有益——任何一种方法都不容易——去模仿知名诗人的作品，用惠特曼的长句去写"惠特曼似的诗"，或者去创作快速移动、灵巧展开的"威廉似的诗"，即是说，有意识地去处理声音、诗句、意象和措辞。通过这种练习，一个研讨班开始给创作者提供选择。研讨班不会给创作者提供专门技巧——这种技巧或许需要他在长久的孤独创作之后才可能获得。但是研讨班可以给创作者提供对技巧的理解——这是通向选择的大门，能帮助学生走上正确的道路，获得个性、权威以及力量。

　　运气、勤奋、自觉性及灵感，对于创作一首诗而言都是必需的。这是肯定的！然而，我认为，所有这些因素只是强化了对技术进行长久而深刻研究的必要性，因为，如果创作有赖于所有这些因素，那么带入其中的一点点技术或技巧肯定就能带来创作者的进步了。诗是一种态度，一种祈祷，它在纸上歌唱，它在纸上将自己唱响；它依靠天分和技术而存在。

　　研讨班的风险在于，它必然是由一群人所组成的，因而无法避免社交形式，处于一个群体中的人们自然希望彼此相处愉快，每个人都想被他人喜爱。每个人的创作都是自我的一面镜子。人们希望自己的诗歌被喜爱，哪怕获得的不是大声、持续的赞扬。如果我们不警惕，那么，这种得到喜爱的心理或许会决定我们写出什么样的诗，讨论什么样的诗。

　　一个创作者也许会放弃一些粗糙的但却是非比寻常的诗句，因为这些诗句要么没有得到群体的喜爱、要么因其粗糙的处理手法、因其不够完美而招致批评，即使它背后的理念是值得珍惜的。多么令人羞愧！我宁愿看到一首野心勃勃的、粗糙的诗，也不愿看到一首谨小慎微的、温驯的诗。我宁愿看到作者去探究它们存在的问题，尽可能去接受它们，而不是通过"删除"或修改使它变得更容易被理解。删除不会教给我们任何东西。我想，指导者的责任在于保证学生们不会为了赢得一点点肯定的赞美而"阻挡他们的火焰"。

所有这些在研讨班上操作起来都会很困难。有时，在研讨班上，出于被喜欢的愿望（我们认为这是一个仁慈的愿望），批评者放弃了批评。有人想赞美，有人想保持沉默。但是研讨班不能在沉默中进行。这时候，日常语言非常有用，通过不断强调技术问题，强调语言的建构，讨论才能继续，既不过分尖锐，也不过分沉闷，过分私人化。指出一首诗是失败的作品却不指出原因，这是无用的。如果要将多种选择放进学生的手中，讨论就必须超越倾向性，超越个人趣味，这是指导者的另一个职责——批评必须使用热情而非失望的语调。但是，研讨班上所有的意见都会带来帮助，每个人都应了解这种语言，并且抱有总体上是热情的态度，这种态度包括耐心、专注，并无限忠实于每个写作者的意图。

研讨班最大的优点在于，人们可以从中领悟到，他们能改变，能写的更好，能用不同于他们已经掌握并擅长的方法去写，这常常是他们梦寐以求的，与此相比，所有的危险都不值一提。看到人们超越他们自定的能力限度，这会带来极大的愉悦。

这也是研讨班的快乐之源：每个人都成为了那种美好时刻的一部分，最终出现了一首精致的、形式完美的诗歌，而在此之前只有争论和词语的纠结。我们都是这个奇迹的一小部分，它不仅是依靠运气、灵感乃至偶然诞生的，而且还依靠了这样一些因素：技巧知识和勤奋工作，这些因素也许稍显乏味，但至关重要，因为它们支撑着诗歌流动的、妙不可言的光：它们是河水的基石。

孤独

然而，以为诗歌创作——实际的创作——真的能适应一种社会机制，哪怕它是由忠诚的朋友们所组成的、最具认同感的社会机制——研讨班，这只是一种不切实际的想法。它不可能适应。在研讨班上作品得到了提升，创作意愿也得到了有价值的滋养和理念支撑。但是，我们有充分的理由坚信，诗歌所要求于写作者的不是社会化或接受指导，而是深刻的、持续的孤独。

原因在于：诗歌，当它开始在写作者的意念中、在纸上形成的时候，无法忍受中断。我不是说它不会中断，而是说它不能中断。创作时，通过想象，一个人极有可能（的确非常接近）实施某种行动，或者变成了诗中的人物（想一想济慈的话），逐渐展开了诗歌的场景或行动。在思想的行进中打断作者，就是从梦中唤醒梦者。梦者无法准确地按照梦展开的方式再次进入梦中，因为思想的行进不止是思想，它也是感觉的行进。在中断发生之前，这种感觉如同作者俯身创作的桌子一样真实。诗歌不是被钉在一起的，也不是从一个逻辑点到另一个逻辑点构成的——假如诗歌是这样构成的，那么在中断之后创作也许可以被挽救。然而，遗憾的是，它是技艺、思想，以及复杂神秘，同时也是"终有一死的"情感的编织物。中断——整个结构可能就崩溃了。对诗歌创作的干扰就像插足一段热烈进行的情感一样残酷。柯勒律治在梦中创作《忽必烈汗》，波洛克来的访客在他的门前开始吟唱，这个故事很好理解，就好像柯勒律治在梦中之梦中睡着，或者在梦中创作。效果是一样的。

在一个群体、一个班级或者一个研讨班上开始诗歌创作是合适的、有价值的。那么，当一个人掌握了更多技巧之后，就会自然而然地脱离群体，这是必须的。写作者现在不太需要讨论和评论。写作者现在很清楚地知道自己想做什么——他现在更需要实践、自我交谈，而不是理念。我们总是会与朋友和其他诗人偶尔进行愉悦的、有启发的交流。但最终，一个人会认识到，必须为真正的作品做准备。当那一天到来时，写作者将理解孤独是必需的，离开朋友，离开研讨班，离开写作指南，埋头创作，勤奋而坚定。

14 结语　　Conclusion

　　没有人能告诉你，怎样开始创作才是最好的方式。对有的诗人而言，打一个小盹儿可能是有用的；片刻的走神，倾听内心"诗性的声音"，也是值得期待的[29]。对我而言，在散步中创作是与之类似的方式。我慢慢地走，没有任何特定的目标，但这种行走总是能帮助我的诗歌产生。我常常终止于静静地站立，在随身携带的小本上写下诗。

　　对你而言，打盹儿和散步都不一定有用。但肯定有某种方式是最适合你的，关键是你要尝试不同的实践或安排，直到你找到对你有帮助的方式。

　　尤其是当写作者刚刚开始时，不仅要强调他们正在写什么，还要强调创作过程。一个成功的研讨班意味着，其中的成员没有人会认为"写作者的障碍"是需要优先考虑的主题。

---

[29] 参见唐纳德·霍尔：《山羊足·乳舌·对鸟》(*Goatfoot Milktongue Twinbird*)，安娜堡：密歇根大学出版社，1978年，第3-4页。

威廉·布莱克说,"我不羞愧,不担心,也不反对告诉你你理应知晓的。我在来自天堂的启示者的指引下,夜以继日。"[30]

年轻的时候,我决定不做老师,因为我非常喜欢教书。我认为我应该成为一个真正的诗人——即是说,我能尽我所能写出最好的诗——我应该节省我的时间和精力去进行创作,将创作作为我每天的工作,除此,我不应该做任何其他感兴趣的事情。多年以来,为了谋生我从事了许多职业,但我可以肯定地说,没有一种职业是有趣的。

在以往的岁月中,我领悟了两件事对诗人具有特别的含义。第一件事是你可以很早起床,在世界的工作日程开始之前去写作(或者,去散步,然后再写作)。第二件事是,你可以过一种简单的、令人尊敬的生活,只赚取足以养活一只小鸡的钱。请快乐地这样去做吧。

我始终坚信,如果我不能沉浸在最适合我的事业中——老实说,这会让我真正快乐并保持好奇心——我会感到痛苦,感到无尽的悔恨。

在《纽约时报》的访谈[31]中,约翰·凯奇(John Cage)说起他曾跟随作曲家阿诺德·勋伯格(Arnold Schoenberg)学习创作。凯奇说:"他(勋伯格)从不让他的学生安于现状。当我们遵循法则创作复调时,他说,'为什么你不自由一点?'当我们自由创作时,他又会说,'难道你不懂规则?'"

30　选自布莱克写给托马斯·巴茨(Thomas Butts)的信,1802年1月10日。
31　《纽约时报》,1992年6月2日周四,第13版。

我信奉两句格言，将它们贴在我的桌子上。第一句格言来自福楼拜（Flaubert），这是我从梵高的书中摘录下来的一句朴素的话："天才是长久的耐心，而独创性则是意志和强烈观察的结果。"

此刻请我们忘记福楼拜在这句话中没有提及的其他要素——比如创作的冲动、灵感和神秘等——让我们看看他所说的："耐心""意志"和"强烈观察"，这些都是必不可少的。多么鼓舞人心的教谕！谁会羞于拥有这些要素？谁也不会！你有怎样的耐心，你意志的钢是什么，你怎样观察、审视这个世界上的万事万物？如果你诚实地回答：这些要素你都不具备，那么，你可以去学习。归根到底，福楼拜谈论的是技巧。你能掌握它们，能做得更好，然后再好一些——一直到获得进步后的美妙滋味涌现在你的嘴中。当人们问我，我在我创作的诗歌中是否得到了快乐，我很震惊。我在创作过程中所专注的只是如何更有耐心，更奔放——如何更好地去看，更好地去创作。

第二句格言来自爱默生（Emerson）的日记，他说这句话时原本使用的是过去时态，我将它变成了现在时态：诗是坦诚的信仰。

这即是说，诗歌不是一种练习。它不是"词语游戏"。无论它包含着怎样的技巧和美，它都拥有超越于语言手法之上的东西，拥有它自身之外的目的。它是创作者情感的一部分。我不是指诗歌产生于某种"自白的"方法，而是指诗歌从写作者的观点——他的视角——折射出来，这种视角产生于他的经验和思考的总和。

运动员爱护他们的身体。写作者同样必须爱护储藏着诗歌可能性的情感。在书中，在其他的艺术、历史和哲学中——在神圣和欢乐中——都包含着养分。它也是诚实的劳作；然而，我并不偏爱学者的生活。如果一个人真正在意树，诗歌就存在于绿色的世界中——存在于人、动物和树之中。一个生动的、探询的、富有同情心的、好奇的、愤怒的、充满音乐和情感的头脑，也是充满可能的诗歌的头脑。诗歌是一种珍惜生命的力量。它需要一种幻想——用一个过时的术语来说，诗歌需要一种信仰。是的，的确如此！因为诗歌终究不是词语，而是用来取暖的火，是抛给迷失者的绳索，是饥饿者口袋中的面包，它是必不可少的。是的，的确如此！

图书在版编目（CIP）数据

诗歌手册：诗歌阅读与创作指南 /（美）玛丽·奥利弗著；倪志娟译. -- 北京：北京联合出版公司，2020.8（2025.3 重印）

ISBN 978-7-5596-4258-5

Ⅰ.①诗… Ⅱ.①玛… ②倪… Ⅲ.①诗歌创作②诗歌评论 Ⅳ.① I052

中国版本图书馆 CIP 数据核字（2020）第 085748 号

A POETRY HANDBOOK
By Mary Oliver
Copyright©1994 by Mary Oliver
Published by arrangement with Houghton Mifflin Harcourt Publishing Company through Bardon-Chinese Media Agency
Simplified Chinese translation copyright©2020
By PAN PRESS
ALL RIGHTS RESERVED

诗歌手册：诗歌阅读与创作指南

作　　者：［美］玛丽·奥利弗
译　　者：倪志娟
出 品 人：赵红仕
责任编辑：李　伟
特约编辑：陆　加
装帧设计：此　井

北京联合出版公司出版
（北京市西城区德外大街 83 号楼 9 层　100088）
北京联合天畅文化传播公司发行
北京美图印务有限公司印制　新华书店经销
字数 50 千　880mm×1230mm　1/32　4.25 印张
2020 年 8 月第 1 版　2025 年 3 月第 6 次印刷
ISBN 978-7-5596-4258-5
定价：38.00 元

版权所有，侵权必究
未经书面许可，不得以任何方式转载、复制、翻印本书部分或全部内容。
本书若有质量问题，请与本公司图书销售中心联系调换。电话：（010）64258472-800